L'ANNÉE DERNIÈRE
A MARIENBAD

DU MÊME AUTEUR

Les Gommes, *roman.*
Le Voyeur, *roman.*
La Jalousie, *roman.*
Dans le Labyrinthe, *roman.*

Toutes les photographies qui illustrent cet ouvrage sont directement agrandies, à partir de la pellicule originale du film, grâce aux objectifs spéciaux Dyaliscope, par Duffort, 129, rue de Sèvres, à Paris.

ALAIN ROBBE-GRILLET

L'ANNÉE DERNIÈRE A MARIENBAD

LES ÉDITIONS DE MINUIT

L'EDITION ORIGINALE DE CET
OUVRAGE A ETE TIREE A
QUATRE-VINGTS EXEMPLAI-
RES SUR PUR FIL, NUMERO-
TES DE 1 A 80 PLUS DIX
EXEMPLAIRES HORS COM-
MERCE NUMEROTES DE H.-C. I
A H.-C. X

INTRODUCTION

On nous demande souvent comment nous avons travaillé, Alain Resnais et moi-même, pour la conception, l'écriture et la réalisation de ce film. Répondre à cette question indiquera déjà tout un point de vue sur l'expression cinématographique.

La collaboration entre un metteur en scène de cinéma et son scénariste peut prendre des formes très variées. On pourrait presque dire : autant de films, autant de méthodes de travail différentes. Celle qui néanmoins semble la plus répandue, dans le cinéma commercial traditionnel, consiste à séparer plus ou moins radicalement le scénario et l'image, l'anecdote et le style, bref le « contenu » et la « forme ».

Par exemple : l'auteur décrit une conversation entre deux personnages, il fournit donc les paroles prononcées, et quelques indications sur le décor ; s'il est plus précis, il ajoute le détail des gestes ou le jeu des physionomies ; mais c'est toujours le metteur en scène qui décide ensuite comment l'épisode sera photographié, si les personnages seront vus de loin ou si leurs visages occuperont tout l'écran, quels mouvements effectuera la caméra, quels seront les changements de plan, etc. On sait cependant que la scène prendra, dans l'esprit du spectateur, des sens très différents, opposés même parfois, selon que l'image montrera ces deux personnages de dos ou de face, ou leurs deux visages alternativement en une succession rapide. Il pourra aussi arriver que la caméra laisse voir tout autre chose pendant leur dialogue, ne serait-ce que le décor qui les entoure : les murs de la pièce où ils se trouvent, les rues où ils marchent, des vagues qui déferlent sous leurs yeux. On imagine très bien, à la limite, une scène où les paroles et les gestes seraient particulièrement anodins et disparaîtraient tout à fait dans le souvenir du spectateur, au profit des formes et du mouvement de l'image, qui auraient seuls de l'importance, qui sembleraient seuls avoir une signification.

C'est ce qui fait, justement, que le cinéma est un art : il crée une réalité avec des formes. C'est dans sa forme qu'il faut chercher son véritable contenu. Il en va de même pour toute œuvre d'art, dans un roman par exemple. Le choix d'un mode de narration, d'un temps grammatical, d'un rythme de phrase, d'un vocabulaire, y a plus de poids que l'anecdote elle-même. Aussi n'imagine-t-on pas un romancier qui se contenterait de fournir une anecdote à un *metteur-en-phrases* qui, lui, rédigerait le texte à livrer au lecteur. Le projet qui préside à la conception d'un roman comporte à la fois l'anecdote et son écriture ; souvent même c'est la seconde qui a l'antériorité dans la tête du créateur, comme un peintre peut rêver d'un tableau tout en lignes verticales avant de songer à représenter un quartier de gratte-ciel.

Et de même, sans doute, pour un film : concevoir une histoire à filmer, il me semble que ce devrait être déjà la concevoir en images, avec tout ce que cela comporte de précisions non seulement sur les gestes et les décors, mais sur la position et le mouvement des appareils, ainsi que sur la succession des plans au montage. L'accord n'a pu se faire, entre Alain Resnais et moi, que parce que nous avons dès le début *vu* le film de la même manière ; et non pas en gros de la même manière, mais exactement, dans son architecture d'ensemble comme dans la construction du moindre détail. Ce que j'écrivais, c'est comme s'il l'avait eu déjà en tête ; ce qu'il ajoutait au tournage, c'était encore ce que j'aurais pu inventer.

Il est important d'insister là-dessus, car une entente si complète est probablement assez rare. Mais c'est elle, précisément, qui nous a décidés à travailler ensemble, ou plutôt à travailler à une œuvre commune, car, d'une façon paradoxale, et grâce à cette identité parfaite de nos conceptions, nous avons presque toujours travaillé séparément.

Au départ, l'initiative de nous réunir appartint aux producteurs du film. Un jour de la fin de l'hiver 59-60, Pierre Courau et Raymond Froment vinrent me trouver pour me demander si je voulais rencontrer Resnais, et ensuite, éventuellement, écrire pour lui. J'acceptai aussitôt l'entrevue. Je connaissais l'œuvre de Resnais, j'y admirais une composition extrêmement volontaire et concertée, rigoureuse, sans excessif souci de plaire. J'y reconnaissais mes propres efforts vers une solidité un peu cérémonieuse, une certaine lenteur, un sens du « théâtral », même parfois cette fixité des attitudes, cette rigidité des gestes, des paroles, du décor, qui faisaient en même temps songer à une statue et à un opéra. Enfin j'y retrouvais la tentative de construire un espace et un temps purement mentaux — ceux du rêve peut-être, ou de la mémoire, ceux de toute vie affective — sans trop s'occuper des enchaînements traditionnels de causalité, ni d'une chronologie absolue de l'anecdote.

On connaît ces intrigues linéaires du cinéma dit « de papa », où l'on ne nous fait grâce d'aucun maillon dans la succession des événements trop attendus : le téléphone sonne, l'homme décroche, on voit alors l'interlocuteur qui appelle au bout du fil, l'homme répond qu'il arrive, il raccroche, franchit la porte, descend l'escalier, monte dans sa voiture, file le long des rues, arrête sa voiture devant une porte, monte un escalier, appuie sur une sonnette, un domestique vient lui ouvrir, etc. Notre esprit, en réalité, va plus vite — ou plus lentement, d'autres fois. Sa démarche est plus variée, plus riche et moins rassurante : il saute des passages, il enregistre avec précision des éléments « sans importance », il se répète, il revient en arrière. Et ce temps mental est bien celui qui nous intéresse, avec ses étrangetés, ses trous, ses obsessions, ses régions obscures, puisqu'il est celui de nos passions, celui de notre *vie*.

C'est de tout cela que nous avons parlé, Resnais et moi, lors de notre première rencontre. Et nous sommes tombés d'accord sur *tout*. La semaine suivante, je lui soumettais quatre projets de scénarios ; il se déclara prêt à les tourner tous les quatre, ainsi d'ailleurs que deux au moins des romans que j'ai publiés. Après avoir hésité quelques jours, nous décidâmes de commencer par *L'Année dernière à Marienbad,* qui portait déjà ce titre (ou quelquefois, seulement : *L'année dernière*).

Je me mis donc à écrire, seul, non pas une « histoire », mais directement ce que l'on appelle un *découpage,* c'est-à-dire la description du film image par image tel que je le voyais dans ma tête, avec, bien entendu, les paroles et les bruits correspondants. Resnais venait régulièrement chercher la copie et s'assurer que tout était bien tel qu'il l'imaginait. C'est cette rédaction une fois terminée que nous avons longuement discuté ensemble, et pour constater de nouveau notre complète entente. Resnais voyait si bien ce que je voulais faire que les quelques rares modifications qu'il me suggéra, çà et là, dans le dialogue par exemple, allaient toujours dans mon propre sens, comme si j'avais moi-même fait des remarques sur mon propre texte.

Pour les prises de vues, il se passa la même chose, exactement : Resnais, à son tour, travailla seul, c'est-à-dire avec les acteurs, avec Sacha Vierny qui dirigeait la photographie, mais sans moi. Je n'ai même jamais mis les pieds sur le plateau. J'étais à Brest, puis en Turquie, tandis qu'ils tournaient en Bavière, puis à Paris en studio. Resnais a raconté ailleurs l'étrange atmosphère de ces semaines, dans les châteaux glacés de Nymphenburg, dans le parc glacé de Schleissheim, et la façon dont Giorgio Albertazzi, Delphine Seyrig et Sacha Pitoëff s'identifiaient peu à peu à nos trois personnages sans nom, sans passé, sans aucun lien entre eux que ceux qu'ils créaient par leurs propres gestes et leurs propres voix, leur propre présence, leur propre imagination.

Lorsque, rentré en France, j'ai enfin vu le film, il en était déjà au stade du « pré-montage », il avait déjà sa forme à peu de choses près ; et c'était bien celle que j'avais voulue. Resnais avait conservé aussi complètement que possible le découpage, les cadrages, les mouvements d'appareils, non pas par principe, mais parce qu'il les sentait de la même façon que moi ; et c'est encore parce qu'il les sentait de la même façon qu'il les avait modifiés lorsque c'était nécessaire. Mais naturellement il avait, dans tous les cas, fait mieux que de respecter mes indications : il les avait réalisées, il avait donné à tout cela l'existence, le poids, le pouvoir de s'imposer aux sens du spectateur. Et je m'apercevais alors de tout ce qu'il avait mis lui-même (bien qu'il répétât sans cesse avoir seulement « simplifié »), de tout ce qui n'était pas mentionné dans le *script* et qu'il avait dû inventer, à chaque plan, pour produire l'effet le plus convaincant, le plus fort.

Il ne me restait plus qu'à terminer quelques raccords de texte, pendant que Henri Colpi mettait la dernière main au montage. Et, maintenant, à peine pourrais-je citer un ou deux points, dans tout le film, où peut-être... : ici une caresse que je voyais moins précise, là une scène folle un peu plus spectaculaire... Mais je ne le dis que par extrême scrupule, car nous avions même l'intention, à la fin, de signer l'ensemble conjointement, sans séparer le scénario de la mise en scène.

Mais l'anecdote elle-même n'était-elle pas déjà une sorte de *mise en scène* du réel ? Il suffit d'en donner un bref résumé pour que l'on s'aperçoive de l'impossibilité qu'il y aurait de faire, sur ce thème, un film de forme traditionnelle, je veux dire un récit linéaire aux enchaînements « logiques ». Tout le film est en effet l'histoire d'une persuasion : il s'agit d'une réalité que le héros crée par sa propre vision, par sa propre parole. Et si son obstination, sa conviction secrète, finissent par l'emporter, c'est au milieu de quel dédale de fausses pistes, de variantes, d'échecs, de reprises !

Cela se passe dans un grand hôtel, une sorte de palace international, immense, baroque, au décor fastueux mais glacé : un univers de marbres, de colonnes, de ramages

en stuc, de lambris dorés, de statues, de domestiques aux
attitudes figées. Une clientèle anonyme, polie, riche sans
doute, désœuvrée, y observe avec sérieux, mais sans passion, les règles strictes des jeux de société (cartes, dominos...), des danses mondaines, de la conversation vide,
ou du tir au pistolet. A l'intérieur de ce monde clos,
étouffant, hommes et choses semblent également victimes
de quelque enchantement, comme dans ces rêves où l'on
se sent guidé par une ordonnance fatale, dont il serait
aussi vain de prétendre modifier le plus petit détail que
de chercher à s'enfuir.

Un inconnu erre de salle en salle — tour à tour pleines
d'une foule guindée, ou désertes —, franchit des portes,
se heurte à des miroirs, longe d'interminables corridors.
Son oreille enregistre des lambeaux de phrases, au hasard,
ici et là. Son œil passe d'un visage sans nom à un
autre visage sans nom. Mais il revient sans cesse à celui
d'une jeune femme, belle prisonnière peut-être encore
vivante de cette cage d'or. Et voilà qu'il lui offre l'impossible, ce qui paraît être le plus impossible dans ce
labyrinthe où le temps est comme aboli : il lui offre un
passé, un avenir et la liberté. Il lui dit qu'ils se sont
rencontrés déjà, lui et elle, il y a un an, qu'ils se sont
aimés, qu'il revient maintenant à ce rendez-vous fixé
par elle-même, et qu'il va l'emmener avec lui.

L'inconnu est-il un banal séducteur ? Est-il un fou ?
Ou bien confond-il seulement deux visages ? La jeune
femme, en tout cas, commence par prendre la chose
comme un jeu, un jeu comme un autre, dont il n'y a
qu'à s'amuser. Mais l'homme ne rit pas. Obstiné, grave,
sûr de cette histoire passée que peu à peu il dévoile,
il insiste, il apporte des preuves... Et la jeune femme,
peu à peu, comme à regret, cède du terrain. Puis elle

prend peur. Elle se raidit. Elle ne veut pas quitter ce monde faux mais rassurant qui est le sien, dont elle a l'habitude, et qui se trouve représenté pour elle par un autre homme, tendre et distant, désabusé, qui veille sur elle et qui est peut-être son mari. Mais l'histoire que l'inconnu raconte prend corps de plus en plus, irrésistiblement, elle devient de plus en plus cohérente, de plus en plus présente, de plus en plus vraie. Le présent, le passé, du reste, ont fini par se confondre, tandis que la tension croissante entre les trois protagonistes crée dans l'esprit de l'héroïne des phantasmes de tragédie : le viol, le meurtre, le suicide...

Puis soudain elle va céder... Elle a déjà cédé, en fait, depuis longtemps. Après une dernière tentative pour se dérober encore, une dernière chance qu'elle laisse à son gardien de la reprendre, elle semble accepter d'être celle que l'inconnu attend, et de s'en aller avec lui vers quelque chose, quelque chose d'innommé, quelque chose d'autre : l'amour, la poésie, la liberté... ou, peut-être, la mort...

Comme aucun de ces trois personnages ne porte de nom, ils sont représentés dans le *script* par de simples initiales, ne servant que pour la commodité. Celui qui est peut-être le mari (Pitoëff) est désigné par la lettre M, l'héroïne (Seyrig) par un A, et l'inconnu (Albertazzi) par la lettre X, bien entendu. On ne sait absolument rien sur eux, rien sur leur vie. Ils ne sont rien d'autre que ce qu'on les voit être : les clients d'un grand hôtel de repos, isolé du monde extérieur, et qui ressemble à une prison. Que font-ils lorsqu'ils sont ailleurs ? On serait tenté de répondre : rien ! Ailleurs, ils n'existent pas. Quant au passé que le héros introduit de force dans ce monde clos et vide, on a l'impression qu'il l'invente, au fur et à mesure qu'il parle, ici et maintenant.

Il n'y a pas d'année dernière, et Marienbad ne se trouve plus sur aucune carte. Ce passé-là, lui non plus, n'a aucune réalité en dehors de l'instant où il est évoqué avec assez de force ; et, lorsqu'il triomphe enfin, il est tout simplement devenu le présent, comme s'il n'avait jamais cessé de l'être.

Sans doute le cinéma est-il un moyen d'expression prédestiné pour ce genre de récit. La caractéristique essentielle de l'image est sa présence. Alors que la littérature dispose de toute une gamme de temps grammaticaux, qui permet de situer les événements les uns par rapport aux autres, on peut dire que, sur l'image, les verbes sont toujours au présent (ce qui rend si étranges, si faux, ces « films racontés » des publications spécialisées, où l'on a rétabli le passé simple cher au roman classique !) : de toute évidence, ce que l'on voit sur l'écran *est en train de se passer,* c'est le geste même qu'on nous donne, et non pas un rapport sur lui.

Cependant, le spectateur le plus borné admet très bien les retours en arrière ; quelques secondes un peu floues, par exemple, suffisent à lui signaler un passage vers le souvenir : il comprend qu'il a désormais sous les yeux une action passée, et la parfaite netteté de la projection peut se rétablir, pour le reste de la scène, sans que personne soit gêné par une image que rien ne distingue alors de l'action présente, une image qui est en fait *au présent.*

Ayant admis le souvenir, on admet sans peine l'imaginaire, et personne non plus ne proteste, même dans les salles de quartier, contre ces scènes policières ou de cour d'assises, où l'on *voit* une hypothèse concernant les circonstances du crime, une hypothèse fausse aussi bien, faite par le juge d'instruction dans sa tête, ou en

paroles ; et l'on voit ensuite de la même façon sur
l'écran, lors des dépositions des différents témoins, dont
certains mentent, d'autres fragments de scènes, plus ou
moins contradictoires, plus ou moins vraisemblables, mais
qui tous sont présentés avec la même qualité d'image, le
même réalisme, la même présence, la même objectivité.
Et de même encore si l'on nous montre une scène future,
qu'un des personnages imagine, etc.

Que sont, en somme, toutes ces images ? Ce sont des
imaginations ; une imagination, si elle est assez vive, est
toujours au présent. Les souvenirs que l'on « revoit »,
les régions lointaines, les rencontres à venir, ou même
les épisodes passés que chacun arrange dans sa tête en
en modifiant le cours tout à loisir, il y a là comme un
film intérieur qui se déroule continuellement en nous-
mêmes, dès que nous cessons de prêter attention à ce
qui se passe autour de nous. Mais, à d'autres moments,
nous enregistrons au contraire, par tous nos sens, ce
monde extérieur qui se trouve bel et bien sous nos yeux.
Ainsi le film total de notre esprit admet à la fois tour
à tour et au même titre les fragments réels proposés à
l'instant par la vue et l'ouïe, et des fragments passés,
ou lointains, ou futurs, ou totalement fantasmagoriques.

Et que se passe-t-il lorsque deux personnes en présence
échangent des propos ? Soit ce simple dialogue :

— Si nous partions sur une plage tous les deux ? Une
grande plage déserte où l'on se chaufferait au soleil...

— Avec le temps qu'il fait cette saison ! On passerait
la journée enfermés, à attendre que la pluie cesse !

— Alors on ferait du feu de bois dans la grande cheminée..., etc.

La rue, ou le salon, où ils se tiennent ont disparu de

La salle du théâtre à la fin de la représentation. (P. 3

en gros plan, et, au fond, un homme et une femme se parlant (P. 35.)

l'esprit des interlocuteurs, remplacés par les images que mutuellement ils se proposent. C'est véritablement entre eux un *échange de vues* : la longue bande de sable où ils sont allongés, la pluie qui ruisselle sur les vitres, les flammes qui dansent. Et le spectateur de cinéma admettrait fort bien sans doute de ne pas voir la rue ou le salon, mais à la place et tout en écoutant le dialogue : les deux héros allongés au soleil sur une grève, puis la pluie qui se met à tomber et les personnages qui vont s'abriter dans la maison, puis le premier qui, sitôt entré, commence à disposer les bûches dans un âtre campagnard...

On devine un peu, dans cette perspective, ce que peuvent être les images de *L'Année dernière à Marienbad*, qui est justement l'histoire d'une communication entre deux êtres, un homme et une femme, dont l'un propose et l'autre résiste, et qui finissent par se trouver réunis, comme si c'était depuis toujours.

Donc le spectateur nous a semblé déjà fortement préparé à ce genre de récit par tout le jeu des *flash back* et des hypothèses objectivées. Il risque cependant, dira-t-on, de perdre pied s'il n'a pas de temps en temps les « explications » qui lui permettent de situer chaque scène à sa place chronologique et à son degré de réalité objective. Mais nous avons décidé de lui faire confiance, de le laisser de bout en bout aux prises avec des subjectivités pures. Deux attitudes sont alors possibles : ou bien le spectateur cherchera à reconstituer quelque schéma « cartésien », le plus linéaire qu'il pourra, le plus rationnel, et ce spectateur jugera sans doute le film difficile, si ce n'est incompréhensible ; ou bien au contraire il se laissera porter par les extraordinaires images qu'il aura devant lui, par la voix des acteurs, par les bruits, par la

musique, par le rythme du montage, par la passion des
héros..., à ce spectateur-là le film semblera le plus facile
qu'il ait jamais vu : un film qui ne s'adresse qu'à sa
sensibilité, qu'à sa faculté de regarder, d'écouter, de sentir
et de se laisser émouvoir. L'histoire racontée lui appa-
raîtra comme la plus réaliste, la plus vraie, celle qui
correspond le mieux à sa vie affective quotidienne, aussitôt qu'il accepte de se débarrasser des idées toutes faites,
de l'analyse psychologique, des schémas plus ou moins
grossiers d'interprétation que les romans ou le cinéma
ronronnants lui rabâchent jusqu'à la nausée, et qui sont
les pires des abstractions.

*
**

Le texte que l'on va lire est en principe celui qui fut
remis à Resnais avant le tournage, rendu seulement plus
accessible par une présentation un peu différente (le son
et l'image, par exemple, figuraient sur des pages séparées). Mais il était prévu, dès ce moment-là, que certains
passages du récit *off* (c'est-à-dire fait par la voix d'un
personnage absent de l'écran) devraient être modifiés ou
complétés lors du montage en tenant compte de l'image
définitive (pour obtenir un rapport précis de contenu ou
de durée) ; ces quelques phrases ont donc été replacées
dans le texte primitif.

Le spectateur attentif remarquera naturellement des
écarts entre cette description d'un film et le film réel
qu'il aura vu. Ces modiques changements ont été soit
dictés par des considérations matérielles, telles que la
disposition architecturale des décors naturels utilisés, ou
même parfois le simple souci d'économie, soit imposés
au réalisateur par sa sensibilité propre. Mais ce ne peut

être pour me désolidariser de ces interventions d'Alain
Resnais que je donne ici mon projet initial, car celui-ci
s'en est au contraire trouvé le plus souvent renforcé,
comme on l'a vu dans ce qui précède ; l'unique raison est
d'honnêteté : puisque le texte est publié sous ma seule
signature.

On trouvera peu de termes techniques dans ces pages
et peut-être les indications de montage, de cadrage, de
mouvement d'appareil, feront sourire les spécialistes. C'est
que je n'étais pas un spécialiste moi-même et que j'écrivais pour la première fois un découpage de cinéma. Je
souhaite que cela en rende en tout cas la lecture moins
rebutante pour un plus large public.

A. R.-G.

L'ANNEE DERNIERE A MARIENBAD

Auteur : Scénario original et dialogue d'Alain ROBBE-GRILLET.

Réalisateur : Alain RESNAIS.

Producteurs délégués : Pierre COURAU (Précitel).
                    Raymond FROMENT (Terrafilm).

Interprètes principaux : Delphine SEYRIG.
      Giorgio ALBERTAZZI.   Sacha PITOEFF.

Avec : Mmes Françoise BERTIN, Luce GARCIA-VILLE, Héléna KORNEL, Françoise SPIRA, Karin TOECHE-MITTLER, et MM. Pierre BARBAUD, Wilhem VON DEEK, Jean LANIER, Gérard LORIN, Davide MONTEMURI, Gilles QUEANT, Gabriel WERNER.

Assistant réalisateur : Jean LÉON.

Directeur de la photographie : Sacha VIERNY.

Caméraman : Philippe BRUN.

Chef décorateur : Jacques SAULNIER.

Ingénieur du son : Guy VILLETTE.

Montage : Henri COLPI et Jasmine CHASNEY.

Musique : Francis SEYRIG.

Lieux de tournage : Extérieurs et décors naturels à München (châteaux de Nymphenburg, Schleissheim, etc.).
                    Studios Photosonor à Paris.

Script-girl : Sylvette BAUDROT.   *Durée :* 1 h. 33.

Orchestre sous la direction d'André Girard — A l'orgue : Marie-Louise Girod — Edition musicale : Impéria et Mondiamusic — Direction de production : Léon Sanz — Assistants décorateurs : Georges Glon, André Piltant, Jean-Jacques Fabre — Ensemblier : Charles Mérangel — Second assistant : Volker Schloendorff et Florence Malraux — Régisseur général : Michel Choquet — Régisseur général adjoint : Jean-Jacques Lecot — Secrétaire de production : Janine Thaon — Chef électricien : Elie Fontanille — Chefs machinistes : Louis Balthazard, René Stocki — Premier assistant opérateur : Guy Delattre — Deuxième assistant opérateur : François Lauliac — Chef maquilleur : Alexandre Marcus — Maquilleuse : Eliane Marcus — Robes de Mademoiselle Seyrig : Chanel — Costumes : Bernard Evein — Photographe : Georges Pierre — Son : Jean-Claude Marchetti, René Renault, Jean Nény, Robert Cambourakis — Studios : Marignan, Simo — Laboratoire Franay L. T. C. — Dyaliscope — Générique Jean Fouchet F. L. — Autorisation ministérielle N° 23.862 — Co-production franco-italienne : Terra-Film, Société nouvelle des Films Cormoran, Précitel, Como-Films, Argos-Films, les Films Tamara, Cinetel, Silver-Films, Cineriz (Rome) — Distribué en France par Cocinor.

S'ouvrant sur une musique romantique, violente, passionnée comme on en entend à la fin des films où l'émotion éclate (avec tout un orchestre de cordes, bois, cuivres, etc.), le générique est d'abord de type assez classique : des noms en lettres peu ornées, noires sur fond gris, ou blanches sur fond gris ; les noms ou groupes de noms sont encadrés de filets simples. Les panneaux se succèdent à un rythme normal, plutôt lent, régulier.

Puis, progressivement les encadrements se transforment, s'épaississent, s'ornent de fioritures diverses qui finissent par constituer comme des cadres de tableaux, d'abord plats, puis peints en trompe-l'œil de manière à faire croire à des objets en relief.

Enfin, dans les derniers panneaux du générique, on se trouve bel et bien devant de vrais cadres, compliqués et chargés d'ornements. En même temps, la marge d'image autour d'eux s'est légèrement agrandie, laissant voir un peu du mur où les tableaux sont accrochés, mur lui-même orné de moulures et boiseries.

Les deux derniers tableaux-génériques, au lieu de constituer des plans séparés, sont découverts progressivement par le côté, dans un déplacement latéral de la caméra, qui, sans s'arrêter sur le panneau lorsqu'il est cadré,

continue son mouvement, d'une façon lente et régulière,
passe sur une partie du mur comportant seulement des
boiseries, lambris, moulures, etc., puis atteint le dernier
tableau, portant le ou les derniers noms du générique
qui pourrait commencer par des noms secondaires et
finir par des noms importants, ou même les mélanger,
surtout vers la fin. Ce dernier tableau, comme s'il était
vu de plus loin, laisse une marge de paroi très importante autour de lui. La caméra passe de même sur celui-ci
sans s'arrêter et continue ensuite son mouvement le long
de la paroi.

Parallèlement à l'évolution de l'image, au cours du
générique, la musique s'est transformée peu à peu en
une voix d'homme, lente, chaude, assez forte, mais avec
en même temps une certaine neutralité : belle voix théâtrale, rythmée, sans émotion particulière.

Cette voix parle de façon continue, mais, bien que la
musique ait cessé tout à fait, on ne comprend pas encore
les paroles (ou on les comprend en tout cas très mal)
à cause d'une forte réverbération ou quelque effet du
même genre (deux bandes sonores identiques décalées,
se rejoignant progressivement jusqu'à devenir une voix
normale).

VOIX DE X : *Une fois de plus* — (1), *je m'avance, une
fois de plus, le long de ces couloirs, à travers ces salons,
ces galeries, dans cette construction* — *d'un autre siècle,
cet hôtel immense, luxueux, baroque,* — *lugubre, où des
couloirs interminables succèdent aux couloirs,* — *silencieux, déserts, surchargés d'un décor sombre et froid de
boiseries, de stuc, de panneaux moulurés, marbres, glaces*

----

(1) Le tiret représente un léger arrêt de la voix, plus important
que le sens du texte ne l'indique.

noires, tableaux aux teintes noires, colonnes, lourdes
tentures, — encadrements sculptés des portes, enfilades
de portes, de galeries, — de couloirs transversaux, qui
débouchent à leur tour sur des salons déserts, des salons
surchargés d'une ornementation d'un autre siècle, des
salles silencieuses...

Le mouvement de caméra, amorcé sur la fin du générique, se poursuit, lent, rectiligne, uniforme, le long d'une
sorte de galerie, dont on voit un seul côté, assez sombre,
éclairée seulement par des fenêtres régulièrement espa-
cées, placées de l'autre côté. Il n'y a pas de soleil, peut-
être même est-ce la tombée du jour. Mais les lumières
électriques ne sont pas allumées ; à intervalles constants,
une zone plus claire, en face de chaque fenêtre invisible,
montre avec plus de netteté les ornements qui couvrent
la paroi.

Le champ de l'image comprend tout le mur, de haut
en bas, avec une bande peu étendue de plancher ou
de plafond, ou les deux à la fois. La photographie n'est
pas prise face au mur, mais légèrement de biais (vers
la direction dans laquelle avance l'appareil).

La paroi ainsi découverte, explorée régulièrement mètre
par mètre, est la même que celle aperçue déjà entre les
deux derniers tableaux du générique : c'est-à-dire une
surface ornée d'une profusion de baguettes, cimaises,
frises, corniches, appliques et ouvrages en stuc de toutes
sortes.

Les panneaux sont en outre occupés par des tableaux
encadrés, situés tous à hauteur de regard. On y rencontre
principalement : des gravures de genre ancien représentant un jardin à la française avec pelouses géométriques,

arbustes taillés en cônes, pyramides, etc., allées de gravier, balustrades de pierre, statues avec socles cubiques massifs et poses figées, légèrement emphatiques. Des photographies de l'hôtel lui-même et en particulier du couloir-galerie où l'on se trouve (montrant par exemple la perspective fuyante des deux parois). Enfin une affiche de spectacle (encadrée également) pour une pièce de théâtre portant un titre étranger, sans signification, et le reste étant illisible, sauf peut-être un en-tête en plus gros caractères : *Ce soir, unique représentation de...*

Le couloir-galerie pourra comporter des portes latérales (fermées), des colonnes et fausses colonnes, des ouvertures sur de longs couloirs transversaux, ou même sur des halls et salles de réception.

Tout ce décor est vide de personnages. Seuls, peut-être, çà et là à l'angle d'une salle ou dans le fond d'un corridor transversal, un domestique immobile, figé, très habillé, ou bien une statue (mais sans socle).

Si un trajet rectiligne aussi long est impossible, il sera remplacé par une succession labyrinthique de couloirs et de salons, donnant la même impression de parcours lent et continu, comme irrépressible.

Pendant tout ce temps, la même voix neutre et monotone continue à dire son texte. Les paroles, dès la fin du générique, sont devenues normalement compréhensibles.

VOIX DE X : ... *où les pas de celui qui s'avance sont absorbés par des tapis si lourds, si épais, qu'aucun bruit de pas ne parvient à sa propre oreille, comme si l'oreille elle-même de celui qui s'avance, une fois de plus, le long de ces couloirs, — à travers ces salons, ces galeries, dans cette construction d'un autre siècle, cet hôtel immense, luxueux, baroque, — lugubre, où des couloirs intermi-*

nables succèdent aux couloirs, — silencieux, déserts,
surchargés d'un décor sombre et froid de boiseries, de
stuc, de panneaux moulurés, — marbres, glaces noires,
tableaux aux teintes noires, colonnes, lourdes tentures,
— encadrements sculptés des portes, enfilades de portes.
de galeries, de couloirs transversaux, — qui débouchent
à leur tour sur des salons déserts, des salons surchargés
d'une ornementation d'un autre siècle, — des salles silen-
cieuses où les pas de celui qui s'avance sont absorbés
par des tapis si lourds, si épais, qu'aucun bruit de pas
ne parvient à sa propre oreille, — comme si l'oreille
elle-même était très loin, très loin du sol, des tapis,
très loin de ce décor lourd et vide, très loin de cette
frise compliquée qui court sous le plafond, avec ses
rameaux et ses guirlandes, comme des feuillages anciens,
comme si le sol était encore de sable ou de graviers,...

Les images qui accompagnent ce texte ne présentent
pas d'analogie absolue avec les éléments de décor auxquels il fait allusion. Mais la photographie doit avoir
un caractère constant, qui se retrouve d'ailleurs durant
tout le film : image nette et brillante, même dans les
parties assez sombres, donnant comme un aspect vernis
à toute chose.

Depuis le début, la caméra ne s'est arrêtée sur rien en
particulier, passant sans s'attarder davantage sur les
images les plus signifiantes (le jardin). Celles-ci ne se
trouvent d'ailleurs pas toujours très bien éclairées, n'étant
pas forcément situées en face d'une des fenêtres se succédant à intervalles fixes (distances constantes et temps
égaux) de l'autre côté (toujours invisible) de la galerie.

Au bout de cette galerie, il y a une porte, ou même
une série de portes (assez monumentales si possible), que

la caméra franchit du même mouvement continu qui
se poursuit depuis la fin du générique. Ici encore l'ornementation doit être lourde, chargée, un peu lugubre. Il
peut y avoir des colonnes, des marches, des portiques.
En même temps, l'obscurité devient plus grande, mais
toujours sans donner de photos grises ; ce sont au contraire quelques détails très clairs, surgissant d'un noir
également bien franc (détails de chapiteaux, de reliefs
divers), sans que l'on ait besoin de préciser quelle source
lumineuse est à l'origine de ces effets bizarres.

Enfin l'on débouche sur une salle obscure, vraiment
très obscure cette fois, où une lumière (d'abord vague,
mais qui se précise à mesure que l'avancée de la caméra se poursuit) provient justement de la direction vers
laquelle l'image s'avance. C'est une sorte de salle de spectacle, mais de disposition non classique : ce sont des
fauteuils et des chaises arrangés par groupes plus ou
moins importants, tournés seulement dans une direction
commune. Tous les sièges sont occupés : beaucoup
d'hommes en tenue de soirée, et quelques femmes, très
habillées également. On voit surtout les visages, de profil
ou de trois quarts arrière, éclairés de face par la lumière
qui vient de la scène. Tous les corps sont parfaitement
immobiles, les traits du visage absolument figés, les
yeux fixes. L'éclairage augmente de plus en plus, vers
les premiers rangs, mais en conservant ce caractère de
salle de théâtre, où les figures sont sorties de l'ombre
par le spectacle lui-même qu'elles contemplent.

Le texte *off* se poursuit toujours, sans interruption,
pendant l'entrée dans la salle, puis tandis que défilént
les têtes des spectateurs. Le ton devient moins neutre,
plus « joué ».

Voix de X : ... *ou des dalles de pierre, sur lesquelles*

je m'avançais, comme à votre rencontre, — entre ces murs chargés de boiseries, de stuc, de moulures, de tableaux, de gravures encadrées, parmi lesquels je m'avançais, — parmi lesquels j'étais déjà, moi-même, en train de vous attendre, très loin de ce décor où je me trouve maintenant, devant vous, en train d'attendre encore celui qui ne viendra plus désormais, qui ne risque plus de venir, de nous séparer de nouveau, de vous arracher à moi. (Un temps.) *Venez-vous ?*

Après un silence, c'est une voix de femme (invisible également sur l'écran) qui répond, du même ton un peu théâtral, mais toujours mesuré, calme, cadencé. Voix belle et profonde, mais sans excès ; c'est celle de la comédienne que l'on verra peu après.

Voix de la comédienne : *Il nous faut encore attendre, — quelques minutes — encore, — plus que quelques minutes, quelques secondes...* (Un silence.)

La voix d'homme reprend, jouant le texte de plus en plus, comme sur une scène.

Voix de X : *Quelques secondes encore, comme si vous hésitiez vous-même encore avant de vous séparer de lui, — de vous-même, — comme si sa silhouette, déjà grise pourtant, déjà pâlie, risquait encore de reparaître, — à cette même place, où vous l'avez imaginée avec trop de force, — trop de crainte, ou d'espoir, dans votre crainte de perdre tout à coup ce lien fidèle avec...*

La voix a ralenti progressivement, puis s'est arrêtée, en suspens. Et la voix de la comédienne lui répond, après un court silence.

Voix de la comédienne : *Non, cet espoir — cet espoir est maintenant sans objet. Cette crainte est passée, de perdre un tel lien, une telle prison, un tel mensonge. —*

*Toute cette histoire est maintenant, déjà, passée. Elle
s'achève — quelques secondes...*

Parvenue au premier rang des spectateurs, la caméra
a continué son mouvement en passant en revue, presque
de face maintenant, les visages alignés, figés par l'attention, et vivement éclairés par la lumière qui vient de
la scène. Mais la vitesse a décru progressivement et
l'image a fini par se fixer tout à fait, sur quelques têtes
immobiles.

Le plan change alors d'un coup, pour montrer, en contre-champ, la scène elle-même, brillamment illuminée, et
occupant tout l'écran.

La scène représente un jardin à la française (ou à l'ita-
lienne) rappelant les gravures aperçues dans le couloir,
exactement copié même sur une de ces gravures. Sorte
de terrasse de graviers avec balustrade de pierre au
fond (donnant sur les pelouses invisibles), une statue
d'un côté (sur un socle cubique, un ou deux personnages
plus ou moins antiques, dont les postures grandilo-
quentes semblent signifier quelque chose, mais quoi ?) et
de l'autre un portique ou des colonnes, ou une entrée
de pergola, un seuil, par où quelqu'un semble pouvoir
arriver.

Deux acteurs sont sur la scène, une femme de vingt-
cinq à trente ans, un homme de trente-cinq à quarante,
en costumes cérémonieux du siècle dernier. Ils sont
tournés tous les deux vers le seuil à **portique signalé**
plus haut. L'homme est situé en retrait par rapport à
la femme. Il est de profil, elle de trois quarts arrière.

La comédienne achève la phrase que sa voix avait
commencée, *off,* à la fin du plan précédent.

LA COMÉDIENNE : ... *encore — elle achève de se figer...*

C'est le comédien, sur la scène, qui lui répond, et non plus la voix de X que l'on entendait depuis le début du film.

LE COMÉDIEN : ... *pour toujours — dans un passé de marbre, comme ces statues, ce jardin taillé dans la pierre, — cet hôtel lui-même, avec ses salles désormais désertes, ses domestiques immobiles, muets, morts depuis longtemps sans doute, qui montent encore la garde à l'angle des couloirs, le long des galeries, dans les salles désertes, à travers lesquelles je m'avançais à votre rencontre, au seuil des portes béantes que je franchissais l'une après l'autre à votre rencontre, comme si je passais entre deux haies de visages immobiles, figés, attentifs, indifférents, tandis que je vous attendais déjà, depuis toujours, et que je vous attends encore, hésitante encore peut-être, regardant toujours le seuil de ce jardin...*

Le comédien et la comédienne sont restés immobiles depuis leur apparition. Ils se taisent maintenant, toujours sans bouger, et le silence complet dure ainsi un assez long moment, jusqu'à ce qu'un bruit d'horloge sonnant l'heure (quelques coups nets et régulièrement espacés) vienne rompre l'attitude : l'homme demeurant figé, la femme se retourne, non vers lui, mais vers le public (c'est-à-dire vers la caméra) pour répondre.

LA COMÉDIENNE : *Voilà, maintenant.* (Puis, après un silence, mais sans esquisser le moindre geste vers l'homme :) *Je suis à vous.*

Tandis qu'éclatent les applaudissements de la salle (invisible), le rideau tombe. Les deux acteurs restent dans la même position, sans saluer. Le rideau se relève et se baisse deux fois encore, durant les applaudissements, sans qu'ils fassent un seul geste. La posture de la femme

doit être alors assez particularisée, comme une attitude
de statue : une certaine position du bras qui ramène la
main vers le creux de l'épaule, geste aisément recon-
naissable lorsqu'il reviendra. Les applaudissements se
poursuivent, très violents, très fournis, assez longs, se
transformant ensuite progressivement en une musique
identique à celle du début du générique (très « fin de
film émouvant ») dont l'intensité croît rapidement jusqu'à couvrir les applaudissements, qui disparaissent à la
fin tout à fait, tandis que le rideau se baisse définitive-
ment. Et le plan change.

En contre-champ : la salle de spectacle, maintenant
très éclairée. Les applaudissements ont cessé, les spectateurs se sont levés. Ils ont formé des groupes çà et là
(les sièges n'occupant pas tout l'espace). La caméra exécute un mouvement plus ou moins circulaire à travers
les groupes. Quelques personnages sont encore tournés
vers la scène (invisible), n'applaudissant plus, mais restant à regarder devant eux, debout, immobiles, comme
sous l'emprise du spectacle qui vient de s'achever. Ils
sont en général isolés ; mais d'autres, dans la même
posture, se trouvent aussi dans certains des groupes, qui
prennent ainsi une allure étrange : une partie de leurs
constituants (un ou deux) n'étant pas tournés vers le
centre du cercle. La musique violente et passionnée continue avec la même force, couvrant totalement le bruit
des conversations.

Le mouvement de caméra s'achève sur une femme
isolée, vingt-cinq à trente ans, belle, mais comme vide
(désignons-la par la lettre A) assez grande, genre statue.
Elle se présente exactement dans la position où se trouvait la comédienne du théâtre au baisser du rideau. Mais

UN HOMME : *Vous ne connaissez pas l'histoire ?* (P. 4

M : *Je peux perdre... Mais je gagne toujours.* (P. 45

elques personnes montant un escalier monumental. (P. 48.)

la caméra ne s'arrête pas longtemps sur ce plan fixe. L'image saute à un autre plan fixe.

Série de plans fixes montrant les groupes déjà vus auparavant. Les postures des personnages n'ont pas changé, ou bien ont peu changé. Il y a toujours les visages aberrants tournés vers la scène absente. Les discussions sont parfois vives mais toujours de bon ton (et l'on n'entend rien à cause de la musique). Quelques gestes, signifiants mais incompréhensibles (privés de leur contexte), et toujours, eux aussi, de bon ton. Cette série doit défiler assez rapidement. On y retrouve une fois au moins la jeune femme isolée, A, qui n'a pas bougé d'une ligne. Dans cette série doivent enfin se trouver intercalés des groupes nouveaux qui n'appartiennent pas à la salle de spectacle, mais à d'autres salles de l'hôtel et à un autre moment.

Aux images du théâtre succède ainsi une série de vues de l'hôtel et de ses personnages, un peu partout, un peu tout le temps. Ce sont encore des plans fixes, mais leur durée croît progressivement. En même temps, le nombre des personnages diminue insensiblement et leur position dans l'image devient de plus en plus marginale. Ces scènes sont composées en fonction du décor, de manière à placer au milieu du champ quelque fragment ornemental (ou bien rien du tout) et à rejeter peu à peu les êtres humains sur les côtés, soit en premier plan plus ou moins confus (fragments de corps, tête vue de dos, etc.), soit à l'arrière-plan sous forme de groupes plus constitués.

La musique s'est affaiblie progressivement et l'on entend un mot, çà et là, qui émerge au hasard d'une phrase,

tel que : ... *invraisemblable* ... *assassinat* ... *comédien* ...
mensonge ... *il fallait* ... *vous n'êtes pas* ... *il y a très
longtemps* ... *demain* ... *etc.*

Puis, la musique étant devenue tout à fait calme, as-
sourdie même, mis à part un éclat de temps à autre,
on entend cette fois de grands fragments de conversation,
du type :

... *voir là-dedans un rapport quelconque ; ça n'a aucun rapport, mon cher, absolument aucun rapport, et le
fait que lui, ou elle, ait pu dire ou faire certaines choses,
qui feraient croire...*

ou bien :
... *et en plus un climat impossible. Pas moyen de
mettre le nez dehors pendant des mois, et tout à coup,
au moment où l'on s'y attend le moins...*

ou encore :
— *Vous l'avez vu vous-même ?*
— *Non, mais cet ami qui me l'a raconté...*
— *Oh alors, ... raconté...*

Ces fragments eux-mêmes n'étant que partiellement
compréhensibles. Les paroles d'ailleurs se font plus lentes,
à mesure que le rythme de succession des plans se ra-
lentit.

La série des vues de l'hôtel se termine par un plan fixe
présentant tous les mêmes caractères, parvenus à leur
plus haut degré. Scène lente. L'image comprend, à l'extrême gauche, un gros premier plan d'une tête d'homme,
peu distincte parce que trop proche, coupée par le bord
de l'image, et non tournée vers l'objectif. C'est le héros
du film, X, mais le spectateur ne peut guère le deviner,

d'autres personnages étant apparus de façon comparable dans les images précédentes. Au milieu de l'image et en second plan s'étale un élément bien visible du décor : par exemple une cheminée monumentale avec des candélabres et une grande glace à encadrement très ornementé. Enfin, sur la droite et à l'arrière-plan (de préférence dans une autre pièce, visible par l'encadrement d'une porte), un homme et une femme, debout, en train de converser à voix basse. On entend à peine ce qu'ils disent comme un vague chuchotement.

La tête de X, au premier plan, se tourne alors de ce côté, mais sans ostentation et sans que la direction de son regard soit indiquée de façon absolue : il doit sembler seulement possible que X regarde le couple. Ni l'homme ni la femme ne semble prêter attention à X (qui est d'ailleurs assez éloigné).

Leurs paroles sont d'abord indistinctes, à peu près inaudibles ; puis le ton monte légèrement et l'on commence à comprendre le dialogue, surtout les répliques de l'homme, qui parle de plus en plus fort.

HOMME : *Les autres, qui sont les autres ? Ne vous occupez donc pas tant de ce qu'ils pensent.*

FEMME : *Vous savez bien que...*

HOMME : *Je sais que vous prétendiez n'écouter que moi.*

FEMME : *Je vous écoute.*

Au cours de ces répliques, la caméra se déplace de manière à centrer un peu plus l'image sur le couple, mais sans se rapprocher, le maintenant toujours dans une sorte d'arrière-plan. Dans ce mouvement, la tête de X sort du champ.

A partir de ce moment, tout le texte est audible et clair (bien que restant, de façon sensible, situé au fond du décor).

HOMME : *Alors entendez mes plaintes. Je ne peux plus supporter ce rôle. Je ne peux plus supporter ce silence, ces murs, ces chuchotements où vous m'enfermez...*

FEMME : *Parlez plus bas, je vous en supplie.*

HOMME : *Ces chuchotements, pires que le silence, où vous m'enfermez. Ces journées, pires que la mort, que nous vivons ici côte à côte, vous et moi, comme deux cercueils placés côte à côte sous la terre d'un jardin figé lui-même...*

Pendant les dernières paroles, la femme a détourné les yeux de son interlocuteur, elle regarde avec inquiétude vers l'avant (vers la caméra) et jette des coups d'œil à droite et à gauche (mais toujours vers l'avant), comme si elle surveillait les alentours.

FEMME : *Taisez-vous !*

HOMME : *Un jardin à l'ordonnance rassurante, aux arbustes taillés, aux allées régulières où nous marchons à pas comptés, côte à côte, jour après jour, à portée de main mais sans jamais nous rapprocher d'un pouce, sans jamais...*

FEMME : *Taisez-vous, taisez-vous !*

Disant ces mots, la femme se met en marche vers l'avant, quittant son compagnon (resté en place, comme elle, depuis le début de la scène). L'homme se décide à la suivre au bout de quelques secondes. Ils s'avancent tous les deux côte à côte, à 50 cm l'un de l'autre environ, en direction de la caméra.

Silence. On entend seulement le bruit de leurs pas qui se rapprochent, surtout les talons de la femme sur le parquet, nu à cet endroit.

Lorsqu'ils sont arrivés en premier plan la caméra effectue une rotation, de manière à les maintenir dans le cadre tandis qu'ils continuent à marcher sans rien dire à travers les salons, s'éloignant maintenant dans une autre direction ; les bruits de pas vont en décroissant.

Le couple croise — à distance — deux hommes (également très habillés, comme tous ceux que l'on voit depuis le début, et comme seront encore tous les suivants) qui s'avancent en sens non pas contraire mais différent (le trajet des deux hommes fait par exemple un angle droit avec celui du couple). La caméra, qui tenait le cadrage sur le couple, se met alors à suivre les deux hommes, par une modification aussi naturelle que possible de son mouvement.

Les deux hommes parlent à voix assez basse. On ne distingue pas ce qu'ils disent. La caméra les accompagne d'un peu loin, et peut-être de façon assez vague. D'autres personnages traversent des fonds, çà et là ; et des fragments de corps apparaissent par instant en gros plan.

On entend des bouts de phrases, venus on ne sait d'où :
... *Vraiment, cela semble incroyable...*
... *Nous nous sommes rencontrés, déjà, autrefois...*
... *Je ne me rappelle pas bien. Ça devait être en vingt-huit... en vingt-huit ou en vingt-neuf...*

En même temps la musique reparaît, insensiblement ; ce n'est plus celle, romantique, du début : elle est faite au contraire de notes éparses ou de brèves séries, elle est incertaine, hachée et comme inquiète.

Comme les deux hommes passent devant un troisième, qui est en train de considérer une gravure encadrée ornant un mur (une gravure de jardin à la française, mais

on la voit à peine), la caméra s'arrête sur ce dernier
personnage, pourtant vu de dos et sans attrait, tandis
que les deux autres sortent du champ. L'image comprend
(plan fixe), outre le personnage arrêté, une grande glace
(la même que précédemment, au-dessus d'une cheminée)
dans le champ de laquelle entre presque aussitôt le couple
déjà vu à l'instant, qui s'arrête sans cesser de parler, tout
à fait dans le lointain (paroles inaudibles).

Presque aussitôt : contre-champ, montrant l'homme et
la femme sans l'intermédiaire du miroir. Ils sont dans
la même position et toujours assez éloignés, en second
plan, un peu perdus dans un décor très chargé, ou
compliqué (des successions de portes en enfilade). On
les voit se parler, mais on n'entend absolument rien de
leur dialogue. Ils sont situés vers le centre de l'image,
mais plutôt sur la gauche.

La silhouette de X (tête seulement, ou un peu plus)
apparaît en premier plan du côté droit de l'image. X
porte son regard en direction du couple. La caméra rectifie alors sa position : elle se déplace légèrement de manière à centrer tout à fait l'image sur le couple. Dans
ce mouvement, X se trouve entièrement éliminé du
champ.

La musique fragmentaire, qui avait pris un peu plus
d'importance à la fin du plan précédent, s'est éteinte,
comme par manque de conviction. De même, les lambeaux de phrases que l'on entendait encore (... *l'été dix-
neuf cent vingt-deux ... on n'a jamais su la suite ... une
très belle femme ... imagination...*) ont fini par laisser
la place à un complet silence, dans lequel s'élève la
voix de l'homme, très basse d'abord, mais retrouvant peu
à peu sa force normale.

HOMME : ... *supporter ce silence, ces murs, ces chucho-*
tements pires que le silence, où vous m'enfermez, ces
journées que vous vivons ici côte à côte, toutes sem-
blables l'une après l'autre, marchant le long de ces cou-
loirs à pas comptés, à portée de main mais sans jamais
nous rapprocher d'un pouce, sans jamais tendre l'un
vers l'autre ces doigts faits pour serrer, ces bouches faites
pour...

FEMME : *Taisez-vous, taisez-vous !*

Et le plan change brusquement.

Nouveau plan du couple continuant son entretien. Les
personnages sont encore plus éloignés et ne sont plus au
centre de l'image. Et c'est la voix de X qui continue, à
la place de celle de l'homme. (Mais X reste invisible.)

VOIX DE X : ... *ces doigts faits pour serrer, ces yeux*
faits pour vous voir, qui doivent se détourner de vous
— vers ces murs chargés d'ornements d'un autre siècle,
boiseries noires, dorures, miroirs taillés, portraits an-
ciens, — guirlandes de stuc aux enlacements baroques,
— chapiteaux en trompe-l'œil, fausses portes, fausses
colonnes, perspectives truquées, fausses issues.

Tandis que cette phrase, *off* toujours, se développe
avec une certaine lenteur et des arrêts de la voix, on
voit ensuite quelques vues (fixes ou non) de l'hôtel vide :
salles, couloirs, portes, colonnades, etc., comme à la re-
cherche de personnages cette fois tout à fait absents.
Cette série doit se développer sans hâte et continuer après
que la voix de X s'est tue, pendant un temps assez long,
dans un silence total.

Puis, tout d'un coup, sans fondu, c'est une salle pleine
de monde (qui peut être, par exemple, celle qui a terminé,
vide, la série précédente. L'image est prise exactement
sous le même angle).

Il y a, sur le devant, un groupe de trois hommes et
une femme, debout, en train de parler, avec une animation de bon ton. Tenues de soirée. Plus loin, d'autres
groupes, assis ou debout ; le tout est assez figé : sans
déplacements notables des corps.

Le plan reste fixe pendant toute sa première partie. Le
groupe ne remplit pas tout le champ, dont il n'occupe
d'ailleurs même pas la place centrale.

L'apparition de la salle pleine de monde a été marquée
par l'éclatement du brouhaha d'une réunion. Mais réunion
mondaine, brouhaha discret, fait surtout de quelques
mots audibles se détachant sur un fond plus confus.
L'impression d'éclatement a seulement été produite par
une exclamation un peu plus haute, poussée par un
personnage du premier plan, juste au moment où le son
a commencé (en même temps que l'image). Cette exclamation était le mot :

Extraordinaire !

Après cette exclamation initiale qui s'est détachée de
l'ensemble, il y a des murmures plus confus qui se fon-
dent avec ceux de la salle. Un des hommes dit quelque
chose à la femme, mais penché sur elle, et rien ne
surnage de ses paroles.

Le troisième homme, au centre (c'est-à-dire : ni celui
qui a poussé l'exclamation ni celui qui a parlé à la
femme) dit alors :

Un homme : *En réalité, ça n'était pas tellement extraordinaire. C'est lui-même qui avait monté l'affaire de*

*toutes pièces, si bien qu'il connaissait d'avance toutes
les issues.*

Rires discrets, accompagnés d'exclamations à mi-voix,
du genre : *Ah bien !... Quand même... Tout s'explique !...
C'est assez drôle...*

Sur les rires et exclamations finales, la caméra commence un mouvement de glissement et vient s'arrêter sur
un autre groupe de la même assemblée (dont la disposition générale reste statique). C'est de nouveau un couple,
mais plus jeune que celui vu précédemment, souriant
et détendu. Ce couple se trouve plus éloigné de la caméra
que le groupe de quatre que l'on vient de quitter, mais
on entend sa conversation avec netteté.

JEUNE HOMME : *Vous n'êtes pas ici depuis longtemps ?*
JEUNE FEMME : *Mais j'y suis déjà venue, vous savez.*
JEUNE HOMME : *C'est un endroit que vous aimez ?*
JEUNE FEMME : *Moi, non, pas tellement.* (Ses paroles
perdent progressivement leur intensité sonore et l'on entend à peine la fin de la phrase.) *C'est le hasard : on revient toujours ici. Mon père devait...*

La caméra se rapproche du jeune couple, en même
temps que le son des paroles s'affaiblit (au lieu de grandir). Le jeune couple passe ainsi en gros premier plan,
assez informe, et la caméra le dépasse : comme si elle
était passée au travers. Le son des voix a, alors, disparu
complètement. Ayant ainsi éliminé le couple, la caméra
s'arrête sur un plan fixe où l'on découvre ce que le
couple cachait :

C'est, de nouveau, le personnage isolé, de dos, en train
de contempler une gravure (de jardin) qui orne le mur.
Mais il semble regarder le cadre et non le tableau. Il

détourne presque aussitôt la tête (qui apparaît ainsi de profil) pour porter son regard sur quelque spectacle (mais invisible pour le spectateur, parce que situé hors du champ) qu'il reste contempler (image assez rapide).

On a entendu, pendant cette scène, des phrases isolées et des mots à demi incompréhensibles, sans que l'on voie qui les prononce : ... *trafic d'influence* ... *c'est toujours la même chose* ... *on ferme les yeux* ... *une chaussure au talon brisé*...

Emergeant un peu mieux hors de la confusion, on distingue une dernière phrase avec une certaine netteté : ... *dont il n'y a pas moyen de s'échapper.* C'est une voix de femme, par exemple, qui a dit cela ; et tout aussitôt, comme en écho, la voix de X répète, assez bas, mais toute proche : *dont il n'y a pas moyen de s'échapper.* C'est à ce moment-là que le personnage tourne la tête pour regarder quelque chose hors du champ, comme s'il cherchait qui vient de parler. Après un silence, on entend une autre voix d'homme, *off* également, qui dit la phrase (*Vous ne connaissez pas l'histoire ?*) précédant juste le changement de plan (voir plus loin).

Nouveau plan fixe, qui doit pouvoir représenter ce que regarde le personnage précédent. C'est un groupe de quatre personnes : A (l'héroïne), un homme d'une cinquantaine d'années (grand, cheveux gris, beaucoup d' « allure », appelons-le M) et deux comparses (un homme déjà vu dans les groupes, ici et là, et une femme assez âgée). M est debout, souriant, distant, immobile ; la femme âgée est assise dans un fauteuil ; l'homme déjà vu (bel homme sérieux quarante ans) est assis sur le bras d'un autre fauteuil et raconte une histoire. A est un peu à l'écart des autres ; elle regarde celui qui parle ; elle est exactement dans la même position, caractéristique, que lors de ses deux premières apparitions.

L'image glisse un peu sur le groupe, comme pour rectifier un cadrage ; le mouvement se poursuivant, on a l'impression qu'il s'agit de centrer l'image sur A (qui est un peu à l'écart) ; mais le déplacement ne s'arrête pas là et tous les personnages du groupe sont abandonnés par l'image l'un après l'autre, y compris A. Le mouvement de caméra continue avec régularité jusqu'à ce que l'image atteigne un nouveau groupe en train de converser : deux hommes assis et un homme debout (déjà plus ou moins aperçus dans les salons auparavant). C'est un des deux qui sont assis qui parle.

UN HOMME, puis UN AUTRE HOMME (La première phrase est dite *off* sur la fin du plan précédent le premier groupe) : *Vous ne connaissez pas l'histoire ?* (Changement de plan, apparition du premier causeur et de ses trois auditeurs : A, M et un comparse.) *On ne parlait que de ça, l'année dernière. Frank lui avait fait croire qu'il était un ami de son père et qu'il venait pour la surveiller. C'était une surveillance plutôt bizarre, bien entendu. Elle s'en est rendu compte un peu tard : le soir où il a voulu pénétrer* (L'image a glissé et l'on ne voit déjà plus le groupe ni le personnage qui parle et dont on continue d'entendre la voix.) *dans sa chambre, comme par hasard, et sous un prétexte d'ailleurs absurde : il prétendait lui donner des explications sur les tableaux anciens qui se trouvaient chez elle... Il n'y avait pas un seul tableau dans la chambre ! Mais elle n'y a* (Le glissement de l'image s'étant poursuivi, on voit maintenant le second groupe et le nouveau causeur, dont la voix semble se raccorder à la phrase de l'autre.) *pas pensé, tout d'abord.*

Qu'il ait un passeport allemand ne prouve déjà pas grand-chose. Mais sa présence ici, ça n'a aucun rapport, mon cher, absolument aucun rap...

La phrase est interrompue par un rire de jeune femme, rire chaud et bas, assez bref, qui couvre entièrement la voix de l'homme.

L'image est coupée une ou deux secondes après le début du rire. Elle est remplacée par un nouveau plan du premier groupe, où se trouve A ; c'est A qui est en train de rire. Le conteur de l'histoire et la vieille dame sont également souriants ou riants. Seul M reste impassible (ou un très mince sourire) ; il est toujours debout dans la même position.

L'image de ce groupe commence aussitôt à glisser, dans le même sens que précédemment, réalisant exactement le même trajet que la première fois et s'arrêtant de même sur le groupe de trois hommes qui se trouve à côté. Mais ce groupe n'est plus le même, quoique composé exactement de la même manière : deux hommes assis de part et d'autre d'une petite table à jeux, et un troisième debout entre les deux, face à la caméra. Mais cet homme debout, à présent, est M et l'un des deux autres (celui qui ne parlait pas tout à l'heure) est X, le héros du film. Seul n'a pas changé celui qui était en train de parler de passeport allemand ; mais il se tait maintenant. (C'est lui le premier du groupe que la caméra découvre dans son glissement. Comme il reste identique lors de ses deux apparitions successives, on croit d'abord que le reste du groupe va également être le même que la première fois.)

Le début de la conversation de X et de M a lieu, *off,* pendant le glissement de l'image vers leur groupe.

Voix de M : *Non, pas maintenant... Je vous propose un autre jeu, plutôt : je connais un jeu auquel je gagne toujours...*

Voix de X : *Si vous ne pouvez pas perdre, ce n'est pas un jeu !*

Voix de M : *Je peux perdre.* (Petit silence, M, à ce moment, arrive sur l'image ; c'est lui qui est en train de parler.)

M (continuant) : *... Mais je gagne toujours.*

X : *Essayons.*

M (étalant les cartes devant X) : *Cela se joue à deux. Les cartes sont disposées comme ceci. Sept. Cinq. Trois. Une. Chacun des joueurs ramasse des cartes, à tour de rôle, autant de cartes qu'il veut, à condition de n'en prendre que dans une seule rangée à chaque fois. Celui qui ramasse la dernière carte a perdu.* (Un temps bref, puis désignant les cartes étalées :) *Voulez-vous commencer.*

M, debout, assez rigide et sensiblement dans la même posture que sur le plan précédent, a placé les cartes devant X suivant le schéma ci-dessous. Ils jouent une partie muette et rapide, sans musique, dans le plus complet silence.

o o o o o o o   X, après une seconde de réflexion,
o o o o o   prend une carte de la rangée de 7.
o o o   M, très rapidement, prend une carte
o   de la rangée de 5. X réfléchit trois
secondes et ramasse le reste de la rangée de 7. M, toujours sans réfléchir, prend deux cartes de la rangée de 5. X prend une carte de cette même rangée. M prend deux cartes de la rangée de 3. X réfléchit quelques instants, sourit, comme s'il comprenait qu'il a perdu, prend une des trois cartes qui restent (rangée de 5). M en prend une

autre (rangée de 3). Il reste la carte isolée ; comme toutes les cartes ont été étalées montrant leur dos, on ne voit pas non plus quelle est cette carte-ci. Pourtant la caméra s'est rapprochée de la table au cours du jeu, et l'image demeure un instant arrêtée sur cette carte restante, comme si elle avait une signification. L'image est interrompue seulement sur le rire de A (invisible) qui se répète, identique au précédent, après que la dernière carte est restée à X. Ce rire dure jusqu'à la fin du plan, et un peu au-delà.

Avant la fin de ce rire, on voit alors une image de A, tête et buste en gros plan. Elle ne rit pas du tout, sa figure est figée, sans expression aucune, belle seulement. Cependant on entend encore son rire qui se prolonge pendant quelques secondes. On ne voit qu'elle avec netteté, mais il y a aussi un ou deux groupes, très lointains, se présentant de dos et à moitié coupés par les bords de l'image. Après un silence assez long, on entend de nouveau la voix de X invisible, toujours proche et basse, claire et neutre, sans que le plan change.

Voix de X : *Vous êtes toujours la même. J'ai l'impression de vous avoir quittée hier.*

Avec un décalage de quelques secondes après la fin de la phrase, A tourne la tête vers le côté : elle était de face, exactement, et se présente maintenant de trois quarts. Sans doute regarde-t-elle quelque chose d'invisible pour le spectateur. On entend alors une conversation *off,* entre un homme et une jeune femme, dont les voix paraissent toutes proches.

Voix d'homme : *Qu'êtes-vous devenue depuis tout ce temps ?*

Voix de jeune femme : *Rien, vous voyez, puisque je suis toujours la même.*

Voix d'homme : *Vous n'êtes pas mariée ?*

Pendant ce dialogue, le visage de A est demeuré immobile, les yeux regardant toujours dans la même direction.

Juste après la dernière phrase, le plan change, et le nouveau plan peut être censé montrer ce que A regarde (mais il n'y a de cela aucune preuve). On voit maintenant un autre coin du même salon, centré sur un groupe de deux personnes, debout : un homme (vu peut-être auparavant déjà) et une jeune femme (celle du jeune couple vu précédemment) ; mais ils sont situés au fond de l'image, assez loin. On les voit converser, sourire, etc. Ils ne sont pas tout à fait arrêtés, ils font deux pas vers l'avant. On entend leurs voix, comme s'ils étaient très près, qui continuent la conversation précédente.

Jeune femme : *Non, non !*

Homme : *Vous avez tort, c'est très amusant.*

Jeune femme : *J'aime la liberté.*

Nouveau plan du couple, cette fois tout proche, et arrêté (au même endroit que tout à l'heure). Le dialogue continue, enjoué, léger.

Homme : *Ici, par exemple ?*

Jeune femme : *Pourquoi pas ici ?*

Homme : *C'est un drôle d'endroit.*

Jeune femme : *Vous voulez dire : pour être libre ?*

Homme : *Pour être libre, oui, en particulier.*

Jeune femme : *Vous êtes toujours aussi...*

L'homme et la jeune femme font un ou deux pas vers

le côté de l'image et A apparaît derrière eux, un peu plus
loin, immobile et regardant vers la caméra. (Est-il possible qu'elle devienne peu à peu de plus en plus nette,
bien que restant éloignée, tandis que les personnages
situés de côté au premier plan perdent au contraire de
leur netteté ?)

Le couple fait encore quelques pas et sort ainsi du
champ, au milieu de la dernière phrase prononcée par
la jeune femme. La voix de celle-ci s'est arrêtée aussitôt.
On entend alors de nouveau la voix de X qui reprend, *off*.

Voix de X : *Vous êtes toujours aussi belle.*

La caméra amorce un mouvement en avant, de manière
à se rapprocher de A. Mais, à ce moment, d'autres personnes viennent s'interposer entre l'appareil et A, qui disparaît complètement.

Nouveau plan (fixe) de couloirs et salons ; il y a des
gens par-ci par-là. A est encore présente dans le fond,
sur un côté ; mais elle passe et sort aussitôt du champ.

Nouveau plan du même genre : un escalier monumental par exemple. Il y a encore quelques personnes, mais
moins nombreuses que sur l'image précédente, et A est
cette fois tout à fait absente.

Trois ou quatre plans fixes se succèdent encore montrant des vues caractéristiques de l'hôtel, dont certaines
ont pu être déjà utilisées dans le début du film. Il y a de
moins en moins de personnages. Le décor prend de plus
en plus d'importance. La succession doit être assez rapide.

Au cours de ces images, et sans rapport avec ce qu'elles
représentent, on entend, disséminés sans raisons causales

VOIX DE X : *Mais vous ne semblez guère vous souvenir.* (P. 4

u milieu des tireurs alignés. (P. 55.)

IX DE X : *La première fois que je vous ai vue...* (P. 57.)

apparentes, soit à un changement de plan, soit au beau
milieu d'un plan, un certain nombre de bruits irritants,
tels que sonneries électriques, bruits de portes mécani-
ques, timbres d'appel, etc., qui tous doivent à la fois
résonner de façon insolite et pouvoir se justifier sur le
plan de la vraisemblance : ce sont des bruits que l'on
peut en effet entendre dans un hôtel. En outre ils doivent
être à la fois très nets et comme feutrés, amortis par les
tapis, etc. Ils doivent enfin se détacher sur un fond de
silence, où ils n'occupent que des temps très brefs.

Cette série se termine par une vue du même genre, fixe
aussi, qui dure un peu plus longtemps. Un seul personnage est visible, dans le lointain. C'est A, de nouveau
dans la pose caractéristique qu'elle avait lors de sa première apparition dans le film.

L'image ne comporte plus aucun des bruits précédents.
Après quelques secondes de silence absolu, on entend la
voix de X, toujours identique, mais encore plus basse.

Voix de X : *Mais vous ne semblez guère vous souvenir.*

A tourne la tête de droite et de gauche, assez rapidement, comme quelqu'un qui chercherait d'où est venue
la phrase que l'on vient d'entendre.

Deux ou trois vues fixes de salons et perspectives vides,
qui, pour le spectateur, doivent pouvoir représenter ce que
A vient de voir, dans diverses directions, en tournant la
tête de droite et de gauche.

Il n'y a plus un seul personnage, le mobilier lui-même
se réduisant de plus en plus au cours de cette succession.
(Ainsi, depuis la disparition de l'homme et de la jeune

femme, le nombre de personnes visibles a décru régulièrement : foule disséminée passant à quelques clients
isolés et domestiques figés, puis A seule, puis des salles
vides ; puis ce sont des murs, portes, colonnes, ornements, etc., mais sans mobilier.)

On peut intercaler, dans cette série, une vue très brève,
mise là comme par erreur, du jardin à la française. (Un
coin bien caractéristique de ce jardin, avec balustrade,
statue, etc. et sans personnage vivant.)

Au cours de ces vues fixes se développe, en sourdine
d'abord puis plus nette, une musique faite de notes dis-
continues (piano, percussions ou instruments classiques),
c'est-à-dire avec beaucoup de trous, de silences plus ou
moins longs (comme dans certaines compositions sérielles).
Cette musique se poursuit au cours des mouvements de
caméra qui viennent ensuite, sans s'étoffer davantage.

La caméra se rapproche d'un détail décoratif de la dernière image. Autant que possible un détail extrêmement
chargé en baroque (ou style 1900), et situé au-dessus des
têtes de personnes debout : lustre par exemple, ou frise
sculptée en haut d'un mur, ou chapiteau d'une colonne,
ou plafond décoré. La photographie est prise d'en bas,
comme si la chose était vue par un personnage (invisible).
Mais la caméra se rapproche pour regarder de très près
(de plus près, probablement, que ne peut le faire un
homme normal sans monter sur une échelle), puis elle
tourne autour du motif choisi pour en détailler les divers
éléments, à la manière des documentaires d'architecture.

La musique se poursuivant encore quelques instants,
on entend la voix de X, d'abord très basse, puis reprenant peu à peu sa force normale, tandis que la musique
au contraire s'espace et disparaît. La voix de X est tou-

jours cette belle voix, neutre et précise, etc, toute proche, comme elle s'est manifestée déjà à de nombreuses reprises.

Voix de X : *Pourtant vous connaissez déjà ces orne-ments baroques, ces linteaux décorés, ces rinceaux, cette main de stuc qui tient une grappe... L'index tendu semble retenir un raisin prêt à se détacher.*

(Ce texte, donné à titre d'exemple, s'est trouvé corres-pondre au décor réel utilisé pour ce plan.) La description doit être anonyme, très « commentaire de film d'art ». Puis le *vous* reparaît.

Voix de X : *Derrière la main, vous apercevez des feuil-lages... comme des feuillages vivants, d'un jardin qui nous attendrait.*

Lorsque la voix parle des feuillages, ce détail n'est pas encore visible. Ce n'est que sa description une fois ter-minée que la caméra effectue le mouvement nécessaire (rotation de préférence) pour que le spectateur le décou-vre.

Dans ce mouvement, une main d'homme, pointant l'index vers le détail considéré, apparaît au bas de l'image, dans un angle. Et l'on entend le rire de A, assez bref, mais toujours le même : rire de gorge, chaud tout en restant de bon ton.

Aussitôt la caméra recule et s'abaisse. On aperçoit alors X, puis A, à laquelle X est en train de montrer le détail en question (la main est la sienne, la voix aussi). Ils échangent deux phrases avec des airs mi-plaisants mi-sérieux :

X : *N'aviez-vous jamais remarqué tout cela ?*
A : *Je n'avais encore jamais eu d'aussi bon guide.*

La caméra continue son mouvement et l'on s'aperçoit que X et A ne sont pas seuls ; il y a, en particulier, un groupe de trois personnes tout près d'eux, dont M, qui, un peu à l'écart, regarde X (mais sans ostentation : ça ne doit laisser qu'une impression fugitive). Un des autres personnages présents dit alors, à l'adresse de A : *Vous connaissez le proverbe : de la boussole au navire...*

X (continuant la conversation avec A) : *Il y a, ici, beaucoup d'autres choses à voir, si vous voulez.*

Changement brutal : bien que X et A soient toujours situés l'un près de l'autre, sensiblement au même endroit de l'image que sur le plan précédent, il s'agit maintenant d'une tout autre scène : une soirée de danse dans un autre salon ; X et A dansent ensemble, tout en parlant, au milieu d'une foule d'autres danseurs, mais une foule pas trop dense, où les couples ne s'écrasent pas mutuellement.

La première phrase que prononce A s'enchaîne comme s'il s'agissait de la même conversation que sur le plan précédent.

A : *Avec plaisir. Cet hôtel contient-il tant de secrets ?*

On entend peu à peu le brouhaha et la musique.

X : *Enormément.*
A : *Quel air mystérieux !*

Le brouhaha de la salle et la musique de danse sont devenus normalement audibles, mais il s'agit d'une compagnie peu bruyante et d'une musique très douce. X ne répond pas.

A (reprenant) : *Pourquoi me regardez-vous ainsi ?*

X ne répond pas aussitôt. Après un nouveau silence, il dit, d'une voix plus basse :

X : *Vous ne semblez guère vous souvenir de moi.*

Il s'agit d'un plan fixe et le déplacement des couples fait que, après quelques échanges de phrases, X et A sont un peu passés à l'arrière-plan, et bientôt d'autres danseurs viennent s'interposer entre eux et la caméra, juste au moment où X a prononcé sa dernière phrase et tandis que A le dévisage avec un étonnement visible.

Le plan dure encore quelques secondes après leur disparition complète.

Il est remplacé par une vue plus vaste des salons et de la foule des danseurs — vue prise de haut, autant que possible. Animation lente et rythmée, sans désordre, quelque chose comme des mouvements browniens. La danse est mondaine et démodée (valse de préférence).

Brouhaha général de la salle de danse, sans le moindre désordre. La musique devient plus sonore, elle s'impose peu à peu tout à fait : air de valse un peu grandiloquent et guindé, avec beaucoup de cordes à l'unisson.

Brusquement : plan silencieux et immobile, succédant à un paroxysme de musique coupé net en plein milieu. Cinq ou six hommes alignés dans un salon de tir au pistolet. Ils ne sont plus en tenue de soirée, mais sont à peine moins « habillés » cependant (vestons ajustés, couleurs sombres). Ils font face à la caméra et tournent le dos aux cibles (invisibles). Ils sont debout, immobiles, rigides, les bras le long du corps et un pistolet de salon (22 long par exemple) dans la main droite, le canon vers le sol ; les yeux sont dans le vide : genre soldats au garde à vous. Personne ne bouge.

Au bout d'un certain temps (cinq secondes, ou même

dix), le premier de la file se retourne d'une pièce, lève
le bras et tire aussitôt, visant seulement au juger. Immé-
diatement après, le second exécute la même manœuvre.
Le troisième, etc. On peut supposer que chacun a devant
lui un signal lumineux : il se retourne quand le signal
s'allume et de même pour les suivants. Mais on ne voit
pas les signaux.

Les coups de pistolet se succèdent avec régularité. Ils
font un bruit très violent de détonation. Entre les détonations (accompagnées peut-être de la percussion de la
balle sur la plaque de tôle qui doit se trouver derrière la
cible), on n'entend absolument rien.

Changement de plan, montrant maintenant les cibles
alignées. Les premières sont déjà perforées, les suivantes
ne le sont pas, mais un trou apparaît vers le centre de
chacune d'elles, au même rythme que précédemment. On
peut voir sur l'image six ou sept cibles seulement, mais
la photo doit être prise de manière à indiquer que leur
nombre total est peut-être plus élevé.

La série de détonations (et percussions) se poursuit
d'une façon continue sur ce plan, toutes les trois secondes
peut-être. Il y a eu quatre détonations sur le plan précédent et trois sur celui-ci. Le plan se termine exactement
sur une détonation.

Nouveau plan des tireurs alignés faisant face à la
caméra, le pistolet à bout de bras le long du corps. Les
cibles sont derrière eux, invisibles pour le spectateur. On
voit, cette fois encore, six hommes, ou à peine plus ;
mais, comme la première fois, on doit pouvoir imaginer

qu'ils sont plus nombreux et que le champ n'en montre qu'une partie, la rangée se poursuivant dans les deux sens. (La première fois, la file ne pouvait se prolonger que dans un seul sens, c'est-à-dire après le dernier : il n'y avait en effet pas de tireur avant le premier, puisque l'on n'entend aucune détonation avant le coup qu'il tire.)

Bien que la photo montre des corps disposés exactement de la même façon que la première fois, ce ne sont pas tout à fait les mêmes personnages : le premier de la rangée visible à présent était au milieu de la rangée initiale ; les autres se succèdent ensuite dans le même ordre ; on voit ainsi trois tireurs déjà vus la première fois et trois nouveaux qui leur font suite. Le premier des nouveaux est X.

Après un instant d'immobilité, la même cérémonie se répète : les tireurs se retournant l'un après l'autre pour tirer et restant ensuite tournés vers la cible (le dos, donc, vers la caméra). Les gestes ont le même caractère précis et mécanique, mais le rythme est beaucoup plus rapide (accéléré peut-être par rapport à la prise de vue). L'image est coupée juste au moment où X, son tour venu, se retourne.

Cette scène, avant le début des coups de pistolet, n'est pas tout à fait silencieuse, contrairement à la scène identique précédemment vue. Le plan précédent (celui où l'on voit les cibles) se terminait sur une détonation. Sur l'image qui lui succède (c'est-à-dire de nouveau les tireurs alignés), on n'entend d'abord rien ; mais, au bout de trois ou quatre secondes, on perçoit distinctement un tic-tac d'horlogerie (qui s'est imposé peu à peu).

Le tic-tac devenant tout à fait net, presque fort, on entend la première détonation de la nouvelle série (mais personne n'a bougé : il s'agit d'un tireur invisible sur l'image), puis la seconde (tireur invisible également, tous les personnages visibles sont restés de bois) ; c'est alors que le premier homme visible se retourne et tire et l'on entend la troisième détonation-percussion.

Cette série pourra être entièrement très rapide, ou bien, au contraire, s'accélérer à partir d'un premier intervalle qui serait identique à ceux de la série initiale. L'image est coupée au moment où X se retourne ; on n'entend pas cette détonation-là.

Suivent trois images immobiles, très brèves, qui doivent se succéder au rythme des coups de pistolets de la scène précédente :

1) Gros plan d'une des cibles entourée de ses voisines.

2) Gros plan du visage de X, figé, calme, mais tendu.

3) Une vue de l'hôtel : un coin de salles et couloirs sans personne, bien caractéristique. C'est exactement le même plan que celui où A se trouve seule, tout au fond du décor, dans la dernière série de salons, de couloirs et d'escaliers (avec disparition progressive des personnages). Dans toutes ces images de l'hôtel, il n'y a jamais de fenêtres ; ou, en tout cas, on ne voit jamais le paysage extérieur, ni même les vitres.

Le plan restant le même, A apparaît, venant du fond (arrivant de l'ombre d'un passage compliqué : série de portes, colonnes, etc.). Elle fait seulement quelques pas vers l'avant et s'arrête, regardant vers la caméra, exactement dans la pose où elle se trouve au début sur l'image dont il est question au paragraphe précédent (pose caractéristique du début du film).

Il n'y a plus de détonations, ni de mouvement d'horlogerie. Les deux premiers plans sont silencieux. Il y a seulement, à chaque changement de plan, une sorte de claquement de porte, déjà entendu parmi les bruits irritants de l'hôtel. Ce n'est pas un choc sonore, mais un simple déclic, net, comme celui d'un pène dans la gâche d'une serrure. Le troisième plan, qui montre une salle vide, puis A entrant au fond de l'image, est d'abord silencieux aussi, sans musique. Puis on entend un coup de pistolet, mais lointain et amorti. C'est à ce moment que A s'arrête. Ensuite c'est de nouveau le silence complet.

Au bout de cinq secondes environ, on entend de nouveau la voix *off* de X, très proche mais assez basse d'abord, puis prenant peu à peu son intensité normale, tandis que la caméra commence à se rapprocher de A.

Voix de X : *La première fois que je vous ai vue, c'était dans les jardins de Frederiksbad...*

Petit silence, la voix reprend, toujours aussi proche, mais un peu plus fort :

Voix de X : *Vous étiez seule, un peu à l'écart des autres, debout contre une balustrade de pierre sur laquelle votre main était posée, le bras à demi étendu. Vous étiez tournée, un peu de côté, vers la grande allée centrale, et vous ne m'avez pas vu venir. Seul le bruit de mes pas sur le gravier a fini par attirer votre attention et vous avez tourné la tête.*

A restant immobile, montrant son visage de face, la caméra s'est avancée vers elle, très lentement, avec régularité. Les traits de A, qui avaient exprimé une certaine tension lors du coup de pistolet lointain, sont ensuite (aussitôt, progressivement) redevenus parfaitement calmes. Le mouvement de caméra se termine par un gros plan de son visage, tout à fait lisse (elle semble seulement belle, absente, « vernie »). Cette image fixe se prolonge un certain temps tandis que la voix *off* de X continue à décrire le jardin et la pose de A contre la balustrade.

Puis le visage de A bouge légèrement, la tête s'incline un peu et un sourire se développe sur la bouche et les yeux. Elle finit par sourire tout à fait, avec une sorte de gentillesse lointaine, et elle dit :

A : *Je ne crois pas qu'il s'agisse de moi. Vous devez vous tromper.*

En même temps la caméra recule (en exécutant une rotation) et l'on découvre que A n'est pas seule : X se tient à côté d'elle ; d'autres gens se trouvent aussi près d'eux, des clients déjà vus auparavant (ceux, par exemple, qui étaient avec eux dans les groupes, mais pas M). X répond ensuite et l'on peut à présent suivre ses paroles sur ses lèvres tandis qu'il poursuit son discours, l'image représentant toujours le dialogue présent (dans un salon de l'hôtel) et non la scène de jardin décrite par X.

X : *Rappelez-vous : il y avait, tout près de nous, un groupe de pierre, sur un socle assez haut, un homme et une femme vêtus à l'antique, dont les gestes inachevés semblaient représenter quelque scène précise. Vous m'avez demandé qui étaient ces personnages, j'ai répondu que je ne savais pas. Vous avez fait plusieurs suppositions, et j'ai dit que c'était vous et moi, aussi bien.*

A, dont le sourire est revenu, se met à rire tout à fait, un petit rire amusé, de bon ton, qui s'arrête bientôt. X poursuit :

X : *Alors vous vous êtes mise à rire.*

La caméra ayant repris le mouvement de rotation

amorcé ci-dessus, A s'est trouvée éliminée du champ pendant que X prononçait cette dernière phrase. Le glissement de caméra se continue dans le même sens, avec lenteur et régularité, découvrant d'autres personnages, tandis que X ajoute, après un petit silence :

X : *J'aime — j'aimais déjà — vous entendre rire.*

Puis X se trouve éliminé du champ à son tour, mais sa voix *off* poursuit le même discours, tranquille et assurée, tandis que l'on voit d'autres gens encore (de face, de profil, de dos) qui sont aux alentours dans le salon.

VOIX DE X : *Les autres, autour de nous, s'étaient rapprochés. Quelqu'un a donné le nom de la statue ; c'étaient des personnages mythologiques, des dieux ou des héros de l'ancienne Grèce, ou bien, peut-être, une allégorie, ou quelque chose du même genre. Vous n'écoutiez plus, vous sembliez absente. Vos yeux étaient redevenus graves et vides. Vous vous êtes à demi détournée, pour regarder de nouveau vers la grande allée centrale.*

Les gens sur lesquels est arrivée l'image forment maintenant un groupe plus organisé, et X lui-même (dont on entend encore la voix) est apparu dans ce groupe, bien que le déplacement de la caméra ait eu lieu toujours dans le même sens et qu'il soit impossible que l'image soit revenue à son point de départ. X est placé de trois quarts arrière ou de dos, et le spectateur ne peut voir avec certitude s'il est en train de parler ou non. Il se tait d'ailleurs très vite.

Le mouvement de caméra s'achève lorsque A est à son tour reparue dans le champ (même remarque que pour X quant à la justification rationnelle de sa présence en ce point du salon). A est dans la posture que

vient à l'instant de décrire la voix de X : debout, un peu
détournée, regardant dans le vide, les yeux grands ouverts, comme absente. X, qui n'a pas bougé depuis sa
réapparition, est en train de la regarder. (Il la regardait
déjà avant qu'elle ne soit visible pour le spectateur.)

Le plan, qui s'est fixé, dure ainsi quelques secondes.
X et A sont tout à fait immobiles ; quatre ou cinq personnes, appartenant au même groupe, tournent plus ou
moins le dos à la caméra, masquant au spectateur un
centre d'intérêt qui retient leurs regards : une table probablement. D'autres gens, plus ou moins épars à droite
et à gauche (et en avant ?), appartiennent à d'autres
groupes, non entièrement visibles.

On entend une voix d'homme, qui n'est pas la voix de
X, mais celle d'une autre personne de l'assemblée, une
voix un peu étouffée par la distance et la position du
parleur (invisible et sans doute assis à la table) : *Un,
deux, trois, quatre, cinq, six, sept... un, deux, trois, quatre,
cinq... un, deux, trois... un.* (Les chiffres sont nettement
séparés ; les points de suspension représentent un temps
d'arrêt un peu plus marqué.) Le changement de plan
a lieu exactement après le dernier *un.*

Contre-champ montrant le même groupe central, vu
de l'autre côté. X est maintenant de face (il n'a pas
bougé et regarde un peu de côté, et non vers le centre
de l'assemblée) ; debout ainsi que ses voisins, il est en
retrait, légèrement derrière les autres. X regarde dans la
même direction que tout à l'heure, mais A ne se trouve
plus dans cette direction, elle a disparu du groupe (esca-
motée dans le changement de plan). Outre les gens que
l'on apercevait plus ou moins de dos tout à l'heure, on voit

à présent deux ou trois personnes assises autour d'une petite table ronde. Sur la table, il y a seulement un cendrier, une boîte d'allumettes presque vide avec son couvercle posé à côté d'elle, et, enfin, 16 allumettes disposées suivant le schéma vu précédemment, devant une des personnes assises (un homme). M, debout en face de lui, se penche un peu au-dessus de la table. X se trouve à peu près entre les deux. L'idéal serait que l'on aperçoive en même temps, d'un seul coup, les allumettes disposées sur la table (bien visibles, vues d'un peu haut), les deux joueurs, et X regardant ailleurs, tandis que tous les autres visages, attentifs, convergent au contraire vers le jeu.

Puis X, tournant la tête et abaissant les yeux, porte son regard, comme les autres, vers la table de jeu. Au même moment on entend sa voix *off* qui termine son récit, toujours sur le même ton de narration objective :

Voix de X : *Et une fois de plus nous nous sommes trouvés séparés.*

Gros plan de la table de jeu (en acajou verni par exemple, ou autre matière très luisante) avec les 16 allumettes alignées et les mains des joueurs, et peut-être d'autres mains posées aux alentours et immobiles. Déroulement d'une partie rapide, les mains de M n'hésitant jamais, l'autre joueur marquant au contraire des hésitations caractérisées : allant d'une rangée à l'autre avant de se décider, mais rapidement malgré tout. Les joueurs peuvent soit prendre les allumettes du bout des doigts soit les faire glisser sur la table ; M n'utilise que ce second procédé. Les allumettes enlevées du jeu forment deux petits tas, de part et d'autre de la table.

Le joueur assis prend d'abord l'allumette isolée. M en prend une de la rangée de 3. Le joueur en prend une de la rangé de 7. M une de la rangée de 5. L'autre une de la rangée de 3. M une des 7. L'autre une des 5. M trois des 7. L'autre une des 5. M une des 3. L'autre une des 7. M deux des 5. Il reste une allumette devant le joueur assis.

Toute la partie est muette et parfaitement silencieuse, à moins que l'on puisse entendre de menus glissements d'allumettes sur le bois de la table et autres bruits « réalistes » du même genre, donnant au silence sa qualité. Sur le coup final de la partie, on entend une sonnerie électrique, assez proche et pas trop amortie par la distance et les tapis, qui dure quelques secondes, jusqu'au changement de plan. Elle est coupée net au moment où l'image change.

Aussitôt : nouveau plan des 16 allumettes disposées de nouveau en bon ordre. Cette image est identique absolument à celle qui commence la partie précédente.

Mais, cette fois, après quelques secondes d'hésitation, la main du joueur assis se pose, étalée, sur le jeu et brouille d'un geste circulaire (pas trop vif) la disposition des allumettes. Et il dit de façon plus ou moins distincte : *Non, c'est impossible.*

Quelques exclamations retenues fusent alors çà et là parmi les assistants qui se dispersent en partie.

Changement de plan montrant la suite de la même scène, vue d'un peu plus loin de manière à faire voir encore la table mais aussi les corps des joueurs et des

assistants. La fin de la partie provoque des remous divers dans l'assistance. Le joueur assis se lève et s'éloigne ;
d'autres s'en vont aussi ; le groupe s'amenuise et se
clairsème. Pendant ce temps X, qui se trouve à présent
placé tout contre la table, a étendu la main vers les
allumettes éparses et les a replacées, lentement, avec
soin, dans leur ordre initial. Il se penche un instant
sur le jeu et le considère avec attention. M au contraire
s'est redressé et un peu reculé ; il regarde X, il a les
bras croisés ou une pose du même genre ; il est muet et
figé.

Ce nouveau plan s'accompagne d'abord des mêmes
bruits divers : un fauteuil que l'on déplace, une voix
qui dit : *Venez-vous faire un tour au...* Une autre voix
dont on entend seulement : ... *pas encore arrivé...*

Puis une sonnerie retentit, exactement analogue à celle
précédemment entendue : proche et un peu amortie ; elle
dure trois ou quatre secondes. Et c'est ensuite un silence
total, tandis que X achève de disposer les allumettes et
reste à les considérer dans leur ordonnance réglemen-
taire. On n'entend plus le moindre bruit de conversation ni d'agitation. C'est alors que X dit, en relevant
le visage :

X : *Et si c'était à vous de jouer le premier ?*

M décroise aussitôt les bras, fait un petit signe du
visage et un geste de la main pour montrer son acquies-
cement poli et, du même mouvement, se penche pour
ramasser une allumette ; il jouera ensuite toute la partie
avec la même rapidité. X, au contraire joue avec lenteur, mais sans paraître vraiment hésiter ; comme un
peu absent, plutôt, bien qu'il semble concentrer son
attention sur le jeu.

M a pris d'abord l'allumette isolée, X en prend une de la rangée de 3, M en prend une des 5, X une autre des 3, M deux des 7, X la dernière des 3, M une autre des 7, X une des 7, M une des 5, X une des 7, M une des 5, X une des 7, M les deux dernières des 5. Il reste une allumette pour X : la dernière des 7.

Au moment où X a ramassé sa première allumette, sa voix *off* a repris, toujours identique :

Voix de X : *Et une fois de plus je m'avançais, seul, le long de ces mêmes couloirs, à travers ces mêmes salles désertes, je longeais ces mêmes colonnades, ces mêmes galeries sans fenêtres, je franchissais ces mêmes portails, choisissant mon chemin comme au hasard parmi le dédale des itinéraires semblables.*

Les derniers coups de la partie se jouent dans le silence ; la voix de X s'étant tue, on n'entend rien d'autre non plus.

Suite de plans mobiles montrant des personnages fixes. Groupes de gens à travers l'hôtel, dans des postures arrêtées, mais sans caractère surnaturel : ils ne sont pas en train de bouger, et c'est tout ; ce qui ne les empêche pas d'avoir quelquefois des poses un peu forcées, une immobilité un peu suspecte, mais à peine : équilibre un peu instable, geste ébauché, position de repos mais inconfortable, etc. La caméra se déplace autour d'eux, tourne, revient en arrière, comme autour de figures de cire dans un musée. C'est peut-être seulement les mouvements de la caméra qui donnent à leur immobilité un air bizarre.

Le premier groupe examiné est celui du plan précédent : les joueurs et la table. M s'est redressé et a de

A : *Non... Je n'ai pas envie... C'est trop loin...* (P.

nouveau croisé les bras. X a le bras à demi étendu vers la dernière allumette sur la table. Il reste avec eux deux ou trois curieux, mais ils regardent ailleurs. La caméra les montre en détail, tandis que reprend la voix *off* de X, qui n'est déjà plus sur l'image à ce moment-là. (Le silence a duré un certain temps, auparavant, alors que l'on voyait X et M.)

Voix de X : *Et une fois de plus tout était désert, dans cet hôtel immense, tout était vide.*

Silence assez marqué, qui se prolonge jusqu'à la fin de ce groupe et assez largement sur le suivant.

Ce sont ensuite d'autres groupes, à travers les salons, les halls, les galeries et les vestibules. Des gens assis à une table devant des verres pleins. Poses de repos pleines de raideur. Ils s'ennuient peut-être un peu seulement. Au lieu de regarder les verres et le centre du cercle, beaucoup regardent vers l'extérieur, mais pas tous dans la même direction. La caméra tourne autour d'eux lentement ; le plan doit malgré tout être assez rapide pour que l'immobilité des personnages ne paraisse pas trop invraisemblable.

De même : des gens arrêtés dans une embrasure de porte, des gens à un bar, des gens figés au milieu d'une partie de bridge (en train de réfléchir à un coup difficile), etc. Toutes ces vues ont les mêmes caractères que depuis le début : décor chargé, vêtements de soirée, bonne tenue, images sombres mais nettes et luisantes. Il y a aussi des domestiques au garde à vous, etc.

Après un arrêt, la voix de X a repris, accompagnant les images comme si elle les commentait. Pourtant il n'y a que peu de points communs, et toujours un cer-

tain décalage, entre les éléments visibles et l'énumération
orale : chaises occupées, verres pleins, clefs accrochées
au tableau de la réception, lettre que le portier vient
de remettre à une jeune femme, etc.

VOIX DE X : *Salons vides. Couloirs. Salons. Portes.
Portes. Salons. Chaises vides, fauteuils profonds, tapis
épais. Lourdes tentures. Escaliers, marches. Marches, l'une
après l'autre. Objets de verre, objets encore intacts, verres
vides. Un verre qui tombe, trois, deux, un, zéro. Paroi
de verre, lettres, une lettre perdue. Clefs pendues à leurs
anneaux, à leur place réservée, alignées en rangs successifs, clefs numérotées des portes. 309, 307, 305, 303,
lustres. Lustres. Perles. Glaces sans tain. Miroirs. Corridors vides à perte de vue...*

La voix se tait ensuite jusqu'à ce que l'image abandonne le groupe qu'elle était en train de montrer, pour
passer au suivant : trois hommes debout dans l'embrasure d'une porte ouverte (porte assez monumentale, un
des trois est appuyé au chambranle). La voix reprend
dès les premières images de ce nouveau groupe, comme
si elle avait eu le souci d'attendre, pour l'annoncer juste
a son arrivée sur l'écran.

VOIX DE X : *Et le jardin, comme tout le reste, était
désert.*

La fin de ce groupe, ainsi que le suivant, ne comporte
plus aucune parole. C'est d'abord le silence complet, puis
la musique faite de notes éparses, déjà entendue précédemment, se développe de nouveau : composition de type
sériel jouée sur des instruments divers (piano, percussions, bois, etc.). Pour le profane, elle donnera plus
l'impression de « décousu » que de « cacophonie » ;
elle doit être à la fois inconfortable et discrète.

Le dernier groupe de la série se tient dans un décor déjà vu lors du grand travelling initial (après le générique) : un des corridors latéraux ou hall adjacent, aperçu au passage dans le déplacement le long de l'immense galerie. Ayant, comme pour les précédents (mais assez vite), fait le tour des personnages figés, la caméra retrouve d'une façon naturelle la galerie du début du film et se met de nouveau à la suivre ; elle est, comme la première fois, absolument déserte. L'affiche pour la représentation théâtrale est toujours à sa place, annonçant comme la première fois : « *Ce soir, unique représentation de...* »

Mais, cette fois-ci, le déplacement n'aboutit pas à la salle de spectacle. Ayant pris un autre chemin, qui semble à peine différent, au bout de la galerie, on arrive à une salle de dimensions moyennes avec de nombreux sièges vides, chaises et fauteuils, groupés par deux, trois, cinq, avec ou sans table au centre. Tous ces sièges sont inoccupés, la salle est vide... ou presque : une femme est assise dans un fauteuil, au milieu d'un cercle de sièges (c'est-à-dire : comme si elle était en train de converser avec des gens, mais les autres sièges sont vides). Cette femme est A. Elle est en train de lire un livre relié, de petit format. La caméra s'approche d'elle lentement, de face.

La musique s'éteint peu à peu et l'on entend de nouveau la voix *off* de X, assez basse au début mais toujours tranquille, assurée, sans chaleur excessive.

Voix de X : *C'était l'année dernière.*

Un silence. Puis, A continuant sa lecture sans bouger, la voix de X reprend, un peu plus fort mais sur le même ton.

Voix de X : *Ai-je donc tellement changé ? — Ou bien faites-vous semblant de ne pas me reconnaître ?*

A détourne les yeux de son livre et tient celui-ci à demi fermé sur ses genoux. Elle regarde le sol devant elle, sans bouger, l'air absente. La caméra s'est encore approchée puis s'est arrêtée.

Voix de X : *Un an déjà — ou peut-être plus. — Vous, du moins, n'avez pas changé. — Vous avez toujours les mêmes yeux absents, le même sourire, le même rire tout à coup, la même façon d'étendre le bras comme pour écarter quelque chose, un enfant, une branche, et de ramener lentement la main vers le creux de votre épaule... et vous portez, aussi, le même parfum.*

Sur les derniers mots, A lève les yeux vers la caméra, qui se trouve à la hauteur d'un homme debout.

Aussitôt, contre-champ représentant le jardin. Lumière très vive, contrastant avec l'éclairage assez sombre de toutes les vues de l'hôtel qui ont occupé l'écran jusque-là. Grand soleil, ombres nettes, pas trop courtes. L'image représente un coin de jardin à la française avec les mêmes caractéristiques que celles figurées sur les gravures : un jardin régulier et comme sans végétaux (seulement des pelouses plates rectangulaires, des arbustes taillés aux formes parfaitement géométriques, de très larges allées de gravier, des escaliers de pierre, des terrasses à balustrade de pierre) avec çà et là des statues de grande taille montées sur des socles carrés assez hauts ; rois et reines en costumes anciens, personnages mythologiques, allures pompeuses, gestes interrompus, poses qui semblent avoir une signification précise mais dont la signification échappe ; il y a aussi des socles sans statues, avec un nom de sujet gravé sur le socle.

Tout le paysage est vide : sans un personnage vivant. Long déplacement latéral de la caméra, rectiligne et lent, perspectives d'allées, de cônes alignés, de haies taillées au cordeau, etc.

Voix de X : *Souvenez-vous. C'était dans les jardins de Frederiksbad...*

La caméra s'arrête sur un personnage solitaire, une femme debout qui s'appuie à une balustrade de pierre. C'est A, vêtue du même costume que sur le plan où elle était en train de lire. Le décor présente une grande analogie avec celui de la scène de théâtre aperçue au début du film.

Voix de X : *Vous étiez seule, à l'écart. Vous vous teniez, un peu de biais, contre une balustrade de pierre, sur laquelle votre main était posée, le bras à demi étendu...*

La voix s'arrête. A ne se trouve pas dans la pose indiquée par le texte que l'on entend : elle se tient, en effet, tout contre la balustrade, bien de face par rapport à celle-ci (c'est-à-dire regardant droit devant elle par-dessus l'appui, perpendiculairement à ce dernier), et de trois quarts arrière par rapport à la caméra. Elle rectifie ensuite la posture : elle s'écarte légèrement de la balustrade, se tourne un peu de côté, étend un bras pour poser la main sur la pierre (alors qu'elle avait les deux bras le long du corps) et regarde vers l'allée centrale ; elle est alors exactement de dos par rapport à l'objectif. Près d'elle se dresse la statue décrite précédemment par X. Le sol est couvert de gravier entre A et la caméra. A ayant corrigé sa position, la voix de X aussitôt continue, comme si elle n'attendait que cela.

Voix de X : *Vous regardiez vers l'allée centrale.*

Après un instant de silence (à peine marqué : une ou deux secondes) on entend un bruit qui se rapproche : c'est le bruit caractéristique, et bientôt parfaitement net, d'un pas d'homme sur du gravier. Arrivé en premier plan sonore, il s'arrête d'un coup.

A ce bruit, A s'est retournée avec lenteur, d'une façon très gracieuse, pour faire face à la caméra, mais conservant un air lointain, absent, comme si elle ne voyait personne. D'ailleurs on ne voit pas X sur l'image, on entend seulement sa voix.

Voix de X : *Je me suis avancé vers vous.* (Un léger silence.) *Mais je me suis arrêté à une certaine distance, et je vous ai regardée. — Vous étiez tournée vers moi, maintenant. Pourtant, vous ne paraissiez pas me voir. — Je vous regardais. Vous ne faisiez pas un geste. Je vous ai dit que vous aviez l'air vivante.*

Après le mot *vivante,* mais avec un décalage de quelques secondes, un sourire se dessine peu à peu sur les traits de A, mais un sourire absent, qui ne semble s'adresser à personne.

Et, pendant que la voix de X reprend, la caméra se met à tourner, vers la statue, qui devient le centre de l'image, tandis que A, au contraire, sort ainsi du champ, tout en continuant à sourire, immobile et figée.

Voix de X : *En guise de réponse, vous vous êtes contentée de sourire.*

Cadrant toujours sur la statue, la caméra ne reste pas immobile sur celle-ci. Elle commence à tourner autour, à la distance et à la hauteur où se placerait un œil d'homme (c'est-à-dire les personnages vus d'en bas).

Puis une série de plans fixes montrent des aspects plus inattendus du groupe de pierre, ces photos étant prises par des observateurs imaginaires placés n'importe où : dans les airs aussi bien (angles impossibles pour de simples promeneurs).

Lorsque X donne des explications détaillées sur la signification des gestes, la caméra montre, à l'appui, des points de vue illustrant ses thèses. Pendant tout ce récit de X, on ne voit jamais ni X ni A, mais uniquement la statue, jusqu'au rire de A.

VOIX DE X : *Pour dire quelque chose, j'ai parlé de la statue. Je vous ai raconté que l'homme voulait empêcher la jeune femme de s'avancer plus loin : il avait aperçu quelque chose — un danger sûrement — et il arrêtait d'un geste sa compagne. Vous m'avez répondu que c'était elle, plutôt, qui semblait avoir vu quelque chose — mais une chose, au contraire, merveilleuse — devant eux, qu'elle désigne de sa main tendue.*

Mais ça n'était pas incompatible : l'homme et la femme ont quitté leur pays, avançant depuis des jours, droit devant eux. Ils viennent d'arriver en haut d'une falaise abrupte. Il retient sa compagne, pour qu'elle ne s'approche pas du bord, tandis qu'elle lui montre la mer, à leurs pieds, jusqu'à l'horizon.

Ensuite, vous m'avez demandé le nom des personnages. J'ai répondu que ça n'avait pas d'importance. — Vous n'étiez pas de cet avis, et vous vous êtes mise à leur donner des noms, un peu au hasard je crois... Pyrrhus et Andromaque, Hélène et Agamemnon... Alors j'ai dit que c'était vous et moi, aussi bien... (Un silence.) *ou n'importe qui.*

Sur ces derniers mots, on entend le rire de A, comme précédemment, mais un peu plus appuyé, plus gai.

Vers le milieu de ce rire, le plan change, en une sorte de contre-champ : on voit de nouveau A dont le rire est en train de s'achever. Elle est maintenant avec X, présent à côté d'elle sur l'image. Il n'est plus en tenue de soirée ; il a toujours pourtant un air très « habillé », d'un chic peut-être un peu démodé (par exemple veste longue très ajustée, ouverte sur un gilet de fantaisie ?). Et A ne porte plus le même costume (elle a maintenant par exemple une robe à très large jupe et à jupon raide, très longue aussi : comme l'ancien « new look » à 20 cm du sol). Ils sont devant la balustrade de pierre, près de la statue.

Leur conversation continue, mais jouée directement, au lieu d'être rapportée au style indirect par la voix de X. L'attitude de A est presque la même que dans les scènes de l'hôtel : souriante, aimable, mais un peu ironique et mondaine. X, lui, est sensiblement différent : moins neutre, plus pressant, plus vivant, moins sévère.

X : *Ne leur donnez pas de nom... Ils pourraient avoir eu tant d'autres aventures...*

A (montrant un chien qui figure aux côtés des personnages, dans le groupe de pierre) : *Vous oubliez le chien. Pourquoi ont-ils un chien avec eux ?*

X : *Le chien n'est pas avec eux. Il passait là par hasard.*

A : *Mais on voit bien qu'il se serre contre sa maîtresse.*

X : *Ce n'est pas sa maîtresse. Il se serre contre elle parce que le socle est trop étroit. Regardez-les là-bas* (Il désigne une autre statue, située hors du champ.), *ce*

*sont les mêmes, et ils n'ont plus le chien avec eux. Ils
se font face, maintenant. Elle étend une main vers les
lèvres de son ami. Mais, de plus près, vous verrez qu'elle
regarde ailleurs... Venez-vous ?*

A : *Non... Je n'ai pas envie... C'est trop loin...*

X : *Suivez-moi, je vous en prie.*

En même temps, X tend la main vers A, pour l'inviter
à le suivre. Mais elle, au contraire, se recule un peu
en faisant « non » de la tête.

En gros plan : A faisant « non » de la tête. Visage
sérieux, imperceptiblement effrayé. On ne distingue plus
rien du décor, autour de ce visage.

On entend la voix de X, *off,* qui répète exactement,
comme en écho (mais à peine plus neutre, et nettement
plus basse) :

Voix de X : *Je vous en prie.*

Presque aussitôt, la caméra commence à reculer très
lentement. Et le décor reparaît, autour de A. Ce n'est
plus le jardin, mais de nouveau le salon de l'hôtel, celui
où A était assise, toute seule, en train de lire un livre.
Mais à présent X se trouve aussi sur l'image. Et ils ne
sont pas dans la même partie de ce salon. Ils sont
debout tous les deux. X est en tenue de soirée comme
d'habitude. A, au contraire, a conservé la robe qu'elle
portait dans la scène du jardin, le même maquillage, etc.
Elle tient cependant à la main le livre qu'elle était en
train de lire. Il y a beaucoup moins de sièges vides
autour d'eux — quelques-uns seulement. Et aussi quelques personnes éparses, assises ou debout, çà et là. X
se trouve placé presque de dos par rapport à la caméra,
A, au contraire, presque de face.

Tandis que la caméra recule, A, tout en faisant encore des signes — plus lents — de dénégation, dit :

A : *Je vous répète que c'est impossible. Je n'ai même jamais été à Frederiksbad.*

X : *Eh bien, c'était ailleurs peut-être* (X peut n'apparaître sur l'image qu'après avoir déjà prononcé cette première phrase.)*, à Karlstadt, à Marienbad, ou à Baden-Salsa — ou même ici, dans ce salon. Vous m'avez suivi jusqu'ici pour que je vous montre cette image.*

En disant *que je vous montre cette image,* X se retourne vers la caméra. A, sans bouger sensiblement le corps, porte aussi son regard dans cette direction. Elle se trouve alors un peu derrière lui, sur le côté, à une certaine distance (1 à 2 mètres).

Juste au moment où l'on aperçoit de face le visage de X, le plan change : contre-champ montrant le mur du salon, sur lequel est accroché un grand dessin sous verre, richement encadré, et copié exactement sur le décor réel qui servira plus tard : on voit, au fond, toute la façade de l'hôtel et, au premier plan, une statue, qui est celle près de laquelle se trouvait A, au jardin. On entend X *off,* qui décrit la statue, bien que ce soit surtout l'hôtel qui frappe le regard, sur le dessin.

VOIX DE X : *Voyez, vous distinguez le mouvement de l'homme et le geste du bras que la jeune femme ébauche. Mais il faudrait être de l'autre côté pour voir...*

Le plan montrant le dessin seul est très bref. Presque aussitôt lui succède un nouveau plan de la même scène prise d'un peu plus loin. Le dessin est plus petit et en partie caché ; on voit maintenant X et A sur l'image, exactement situés l'un par rapport à l'autre comme ils l'étaient après s'être retournés vers le mur. Ils se présentent donc de dos, ou presque.

Les explications de X continuent sur ce nouveau plan, mais il se passe quelque chose progressivement, dans le son, qui rend celui-ci d'abord bizarre, puis franchement déformé et les paroles deviennent difficiles à suivre. (Est-ce que cela pourrait être deux bandes de son identique et graduellement décalées ? On bien deux bandes franchement décalées dès l'origine, mais dont l'une est d'abord très faible, et ne trouble que progressivement le son principal ?)

Quand le texte de X est devenu absolument incompréhensible, A se retourne vers la caméra. Elle a un sourire, mais ce n'est plus le même sourire : il est à la fois plus familier et comme un peu contraint. Il s'adresse visiblement à quelqu'un, cette fois. Comme lorsqu'elle avait porté son regard sur l'image accrochée au mur, A n'a bougé ici le corps que le moins possible : tête et buste surtout.

Voyant qu'elle ne l'écoute plus (le sentant, plutôt), X cesse de parler et se retourne à son tour, mais d'une pièce, tout son corps exécutant la rotation, de manière à faire face à la caméra.

Aussitôt le plan change : contre-champ montrant X exactement de dos et A à demi détournée. Ils sont alors exactement dans la position respective qu'ils occupaient avant de se tourner vers la gravure, mais les postures ne sont pas tout à fait les mêmes : au lieu de regarder

l'un vers l'autre, ils regardent tous les deux vers un
troisième personnage apparu entre eux, un peu en retrait
par rapport à A (qui se trouve déjà elle-même un peu
en retrait par rapport à X, le plus rapproché de l'appareil). Ce personnage, c'est M. Il est dans la pose fami-
lière où on l'a vu déjà une ou deux fois : les bras croisés
ou quelque chose de ce genre. M se met aussitôt à parler,
poli, très légèrement ironique, d'une voix qui peut passer
malgré tout pour celle de quelqu'un désirant rendre ser-
vice.

M : *Pardonnez-moi, cher Monsieur. Je crois que je*
peux vous renseigner d'une façon plus précise : cette
statue représente Charles III et son épouse, mais elle
ne date pas de cette époque, naturellement. La scène est
celle du serment devant la Diète, au moment du procès
en trahison. Les costumes antiques sont de convention
pure...

Le plan a changé au milieu de ce discours, qui se poursuit *off* sur le nouveau plan. La statue dont parle M
est visible sur celui-ci, mais elle n'occupe pas le centre
de l'image, consacré à A elle-même, seule de nouveau
dans le jardin, contre la balustrade de pierre. A se trouve
exactement dans la position où la caméra l'avait découverte, la première fois, à cette même place. Au bout de
quelques secondes, elle se détourne à demi de la balustrade pour regarder vers la statue (ce mouvement est
opposé à celui qu'elle exécutait pour regarder vers l'allée centrale). Le plan est coupé très rapidement ; en même
temps la voix de M s'arrête, au milieu d'une phrase.

Les premiers instants du nouveau plan sont absolument silencieux. Mais peu à peu se développe la musique sérielle déjà entendue à plusieurs reprises. Elle est seulement ici plus étoffée, elle fait moins l'effet de notes éparses. Elle atteint progressivement une intensité sonore assez importante, de manière à pouvoir être censée couvrir les paroles lors des plans suivants sur lesquels elle se poursuit.

C'est d'abord X (de face) marchant lentement mais sans hésitation dans la longue galerie. Mais son déplacement est en sens inverse de celui de la caméra au début du film. Il ne regarde pas de côté, ni vers les tableaux, ni vers les fenêtres, d'ailleurs peu visibles les uns comme les autres à cause de l'effet de perspective.

Puis un plan fixe, bref, d'un corridor ou vestibule désert.

Puis une série de plans fixes, brefs également, montrant divers coins de salons, généralement nocturnes mais pas forcément, avec des groupes en train soit de converser, soit de jouer aux cartes, soit de ne rien faire du tout. Les conversations (que l'on n'entend pas) sont visiblement peu animées. Peut-on montrer aussi une salle de jeu genre roulette ? Sur certaines de ces images A est présente, et souvent en même temps que M ; au contraire on ne voit jamais X. Il faut que A ait toujours l'air absent, détournée même du groupe où elle figure, regardant ailleurs, souriant vaguement quelquefois, mais toujours belle de visage et gracieuse de pose. Quand A est présente sur l'image, le plan dure un tout petit peu plus longtemps. Dans la série figurent peut-être encore un ou deux plans de corridors vides ; on doit y introduire aussi certains plans déjà vus lors des conversations dans les salons ou à la fin de la pièce de théâtre (répétition exacte des images, mais sans les paroles).

A moins que des idées particulières de mise en scène ne viennent égayer cette série plutôt morne, on pourra l'agrémenter (la rendre à la fois moins fastidieuse et plus insupportable) par un bruit violent à chaque changement de plan : la détonation du pistolet 22 long accompagnée du bruit de percussion de la balle sur la plaque de tôle. La première détonation aurait lieu à la fin du plan où X marche le long de la galerie, puis une nouvelle à chaque fin de plan, les intervalles étant égaux. Mais, à chaque fois que A apparaît sur l'image, l'intervalle augmente légèrement et le bruit de détonation s'assourdit. Le changement suivant rétablit l'intervalle primitif, mais conserve le son assourdi. Ainsi le bruit devient, de palier en palier, de plus en plus faible. A la fin, c'est à peine une détonation lointaine, qui se fond presque avec la musique qui s'est poursuivie de façon continue pendant tout ce temps-là.

La dernière image de la série représente A seule. Elle est près d'une table ou autre meuble bas sur lequel est placé un vase avec un bouquet de fleurs. Une des fleurs (rose, pivoine, etc.) s'est effeuillée sur la table. A prend les pétales tombés, un à un, lentement, et les dispose devant elle suivant le schéma du jeu des allumettes : une rangée de 7, une rangée de 5, une rangée de 3, un pétale isolé. Il faut que A ait l'air absente et non pas sentimentalement rêveuse.

La musique, qui était restée assez forte pendant toute la série précédente, s'affaiblit progressivement, insensiblement, pendant que A dispose les pétales de fleurs, ce

qui dure longtemps (par comparaison avec la rapidité
des plans qui précèdent).

Après un instant de silence complet, tandis que A
contemple les pétales disposés devant elle, on entend
distinctement des pas d'homme qui se rapprochent sur
du gravier, comme dans la scène du jardin. Devenus
tout proches, ils s'arrêtent brusquement. Silence complet
de nouveau.

Au bruit des pas sur le gravier (il n'y a pas de gravier dans le salon, bien entendu !) A relève lentement
le visage et reste ainsi quelques secondes, immobile et
muette, regardant vers la caméra fixement (c'est-à-dire
regardant un peu à côté de l'objectif, selon le procédé
traditionnel).

Contre-champ : visage de X, également immobile et
figé, regardant vers la caméra fixement. Au bout de
quelques secondes, il dit, d'une voix à la fois neutre et
assurée, pas du tout interrogative :

X : *Vous m'attendiez.*

De nouveau le visage de A, qui répond sans sourire,
imperceptiblement hostile sous sa politesse :

A : *Non... Pourquoi vous attendrais-je ?*

Visage de X, qui répond, de sa même voix assurée :

X : *Je vous ai, moi-même, attendue longtemps.*

Visage de A, qui répond, avec cette fois un léger sourire, vide et mondain mais joli. La brève phrase finie,
le sourire se fige et disparaît.

A : *Dans vos rêves ?*

Visage de X, qui continue, imperturbable, tranquille et sévère, fixant toujours la caméra. Alors que les quatre plans précédents, sensiblement de même longueur, constituaient un échange normal (et rapide) où l'on voyait à chaque réplique le personnage qui parlait, ce plan-ci persiste au cours des répliques suivantes : X ayant prononcé sa phrase demeure sur l'écran, sans parler, tandis qu'on entend A répondre ; puis X parle de nouveau ; puis il se tait de nouveau tandis que l'on entend la réponse de A.

X : *Et vous essayez à nouveau de vous échapper.*

Il parle plus lentement que A, plus régulièrement.

VOIX DE A : *Mais de quoi parlez-vous ? Je ne comprends rien à ce que vous dites.* (Entendant cela, X sourit très brièvement.)

X : *Si c'étaient des rêves, pourquoi auriez-vous peur ?*

VOIX DE A : *Eh bien, racontez-moi donc la suite de notre histoire !* (Ton ironique, X reste impassible.)

Sur le dernier mot, le plan change et l'on revoit le visage de A, se taisant, avec un léger sourire ironique, tandis qu'on entend la réponse de X. Ce plan et les trois suivants fonctionnent de la même façon : on voit le visage de l'un des interlocuteurs et l'on entend la voix de l'autre, alternativement. Les visages sont en gros plan, identiques à ce qu'ils étaient lors de la conversation normale.

Sur le visage de A, la voix de X attend quelques secondes avant de continuer, toujours du même ton de narration objective :

ève apparition de la chambre très nue. (P. 92.)

garçon en veste blanche ramasse le verre brisé. (P. 95.)

Voix de X : *Nous nous sommes revus dans l'après-midi du même jour.*

Visage de X se taisant, écoutant la réponse de A. Les traits de X conservent une sorte de tension impassible, qui contraste avec la voix souriante de A :

Voix de A : *Par hasard, naturellement ?*

Visage de A souriante. Le ton de X est un peu plus lointain.

Voix de X : *Je ne sais pas.*

Visage de X, toujours le même ; cependant la phrase de A y provoque une modification, une sorte de sourire à peine indiqué, alors que le ton de A est redevenu plus hostile :

Voix de A : *Et en quel lieu était-ce, cette fois-ci ?*

Vue du jardin : une longue allée en perspective, entre deux pelouses étroites (ou rangées de petits arbustes taillés, ou quelque chose de ce genre qui jalonne la perspective fuyante). Au fond, la façade de l'hôtel, telle qu'elle apparaît sur le dessin qui orne le mur, dans un des salons.

Au loin, venant de l'hôtel, ou d'une allée latérale masquée par des arbustes, entre en scène une femme, silhouette d'abord minuscule, qui se rapproche ensuite de la caméra, marchant directement vers l'appareil depuis le fond de l'allée. C'est A, dans le même costume que lors de la scène près de la statue. Elle marche un peu trop vite pour quelqu'un qui se promène ; elle regarde alternativement vers la droite et vers la gauche, à plusieurs reprises au cours de son trajet rectiligne, comme si elle cherchait quelqu'un. Au bout d'un moment elle tourne dans une allée perpendiculaire, mais ne fait que quelques pas dans cette direction et revient à son chemin initial, qu'elle poursuit, regardant tantôt à ses pieds, tantôt vers la caméra, tantôt encore à droite ou à gauche (d'une façon générale elle regarde à ses pieds, et jette seulement des coups d'œil en avant ou de côté). Autour d'elle, on ne voit aucun autre personnage. Elle semble un peu perdue dans le jardin vide. On remarque bientôt qu'elle marche sur ses bas et qu'elle tient ses fines chaussures à la main.

La caméra, au bout d'un certain temps, se met à reculer, de manière à empêcher A de parvenir au premier plan, et découvre dans son mouvement la suite de la longue allée, toujours identique à elle-même. A essaie encore de s'échapper, tournant à angle droit dans le sens opposé à la première fois, mais elle y renonce encore et revient dans la direction primitive.

Bien que toute cette marche soit un peu rapide pour une promenade, elle ne doit pas non plus donner l'impression de course, d'affolement ; les écarts sur le côté eux-mêmes doivent rester vraisemblables : exécutés avec naturel, ou même justifiés par quelque élément du décor. (Peut-être faudra-t-il couper, au contraire, les images où l'actrice retourne sur ses pas, dans le parcours latéral, et reprendre seulement lorsqu'elle est revenue dans l'allée en perspective et s'avance de nouveau vers la caméra ; ce qui éviterait de justifier la volte-face.) Le visage de A doit être serein et vide, à peine un peu tendu par moments, nullement angoissé.

Le début du plan est tout à fait silencieux, sans musique ni parole. Puis la voix *off* de X, sur un ton comme lointain, quoique toute proche, répète la question de A.

Voix de X : *En quel lieu... Ça n'a pas d'importance.*

C'est ensuite un long silence, total, tandis que A continue de s'avancer le long de l'allée.

Puis la voix *off* reprend :

Voix de X : *Vous étiez au milieu d'un groupe d'amis — des amis de rencontre — des gens que je connaissais à peine — et vous peut-être pas plus que moi.* (Un temps.) *Ils étaient en train de parler, sur le mode plaisant, à bâtons rompus, de je ne sais trop quelle affaire du moment, dont j'ignorais tout.* (Un temps.) *Vous-même étiez plus au courant que moi, sans doute. — Je vous regardais.* (Un silence. A ce moment, A lève les yeux, regardant à droite et à gauche, sans s'arrêter dans l'axe vers la caméra.) *Vous vous mêliez à la conversation avec un entrain qui m'a paru factice. Il me semblait que personne ne savait qui vous étiez, parmi tous ces gens, que j'étais le seul à le savoir. Et vous, ne le saviez pas non plus.* (Un temps.) *Mais vous évitiez toujours mon regard. De toute évidence vous le faisiez exprès — avec application.*

A vient de s'engager sur une allée latérale. La voix de X se tait, pour ne reprendre que lorsque A est de nouveau sur l'allée qu'elle suit depuis le début.

Voix de X : *J'attendais. J'avais le temps.* (Un silence.) *J'ai toujours cru avoir le temps.* (Un nouveau silence, nettement plus long que les autres.)

La voix reprend :

Voix de X : *Vos yeux, allant de l'un à l'autre, passaient sur moi comme si je n'avais pas existé.* (Un temps, assez bref. Puis sur un ton plus vif :) *Pour vous forcer enfin à me voir, j'ai dit moi-même quelque chose, prenant soudain part à la conversation, par une réflexion un peu saugrenue qui attirerait à coup sûr l'attention sur son auteur. — Je ne me rappelle plus ce que c'était.*

Sur cette dernière phrase, A s'est immobilisée, en relevant les yeux vers la caméra. Le recul de l'appareil ayant cessé alors que A continuait encore sa marche, la jeune femme est arrivée en tout premier plan, comme s'il n'y avait plus aucune place entre elle et l'objectif. Le plan change aussitôt.

Contre-champ montrant un groupe de personnes dans le même jardin. A est de dos, exactement à la même place et dans la même posture que sur le plan précédent, mais elle a ses chaussures aux pieds. Elle est la plus proche de la caméra ; les autres sont situés à des distances variables, formant une assemblée assez lâche, répartie entre elle et une balustrade de pierre (comme si cette balustrade se dressait au bout de la longue allée). Les personnages sont exactement ceux qui regardaient le jeu des 16 allumettes. M fait partie du groupe, ainsi que X.

Une partie des personnages est debout, d'autres sont appuyés en arrière à la balustrade ou même à demi assis sur elle. Il pourrait y avoir une statue (ou un socle) dans les parages immédiats. Tout le monde est immobile. X regarde vers A ; M regarde vers X ; les autres se regardent entre eux.

Puis tous, avec plus ou moins d'ensemble, tournent la tête vers X, comme vers quelqu'un qui vient de parler. A est la dernière à exécuter le mouvement. X ébauche un sourire, avec lenteur : demi-sourire un peu distant, un peu ambigu.

La voix de X reprend, *off,* et les têtes, l'une après l'autre se tournent vers A (dont on ne voit toujours pas le visage puisqu'elle montre le dos à la caméra). Le sourire de X s'éteint, ou se fige. M est le seul à rester tourné vers X.

Voix de X : *C'est vous qui m'avez répondu, dans le soudain silence, d'une phrase ironique sur l'invraisemblance de mon propos.* (Un temps.) *Les autres continuaient de se taire. — J'ai eu de nouveau l'impression que personne ne comprenait vos paroles, peut-être même que j'étais le seul à les avoir entendues.*

Sur le *peut-être même* l'image a changé : gros plan du visage de A, sérieuse, un peu tendue.

Puis c'est une série de gros plans des visages du groupe. Toutes les figures sont figées, comme celles de gens écoutant quelque chose, guettant des bruits, un peu tendus mais sans angoisse. Les photos sont de face ou de profil. Les poses sont naturelles, mais souvent les têtes un peu penchées ; les seuls visages à être parfaitement d'aplomb sont ceux de X (de face, toujours) et de M (de profil).

Après le gros plan de A, on voit d'abord X, puis un visage, puis un autre, puis de nouveau X (répétition exacte du même plan), puis les autres visages des comparses, puis M, puis X encore.

On entend, prenant peu à peu de l'ampleur, le bruit d'un grand orchestre en train d'accorder ses instruments. C'est d'abord quelques sons isolés, puis tout un ensemble de sons divers et discordants, sur lequel se détachent des notes plus fortes : quelques accords, çà et là, de la valse entendue lors de la scène de danse.

Au cours de cette série, la lumière a décru insensiblement. En même temps le fond de jardin est devenu moins net. La dernière image de X est sur un fond tout à fait noir.

Continuant cette série, au même rythme assez rapide, on voit alors un autre gros plan de visage, tout à fait du même genre, figé, etc., mais ce n'est plus un des personnages de la scène du jardin, et le fond, un peu moins sombre, permettrait d'identifier un salon de l'hôtel, pour un regard prévenu. Puis un ou deux autres plans semblables, toujours au même rythme. Puis de nouveau le visage de X, et c'est nettement, autour de lui, la salle de danse déjà vue auparavant. Comme lors de ses précédentes apparitions, X regarde vers la caméra, fixement, sans sourire, mais aussi comme sans arrière-pensée.

Les bruits de l'orchestre qui s'accorde ont été interrompus brusquement et suivis d'un silence absolu (a-t-on entendu les coups de baguette du chef d'orchestre, frappés sur le pupitre pour demander le silence ?).

On entend alors la voix *off* de X qui reprend.

VOIX DE X : *Pour rompre le silence, quelqu'un a parlé des distractions prévues pour la soirée — ou pour le lendemain — ou pour les jours suivants. — Je ne me souviens plus de ce que nous avons dit ensuite.*

Ces paroles de X doivent se terminer pendant les gros plans de visages du salon de danse. C'est ensuite le silence total, sur un dernier visage de danseur, puis sur le visage de X revenu, parfaitement immobiles comme tous les visages précédents.

A la fin du dernier plan, on entend, violent et soudain, tout le grand orchestre qui attaque un air de valse ; musique très étoffée (des quantités de cordes à l'unisson), pompeuse et un peu guindée, et déchaînée en même temps, quoique lente.

Nouveau gros plan : X et A dansant avec une extrême lenteur, dans le salon de l'hôtel, une valse très digne (partenaires assez éloignés l'un de l'autre, postures sans langueur, etc.). X doit apparaître sur l'écran à peu près à la même place que dans le plan précédent, et encore de face. A est de profil, ou de trois quarts arrière. Elle ne regarde pas vers X. Ce n'est probablement pas un plan fixe : la caméra se déplace, mais très peu, pour suivre le couple dans ses lentes évolutions. On ne voit à ce moment encore que les deux têtes et le haut des bustes à peine.

La grande musique de valse se poursuit sur tous les plans suivants, sans interruption. C'est la même que celle dont on a déjà entendu quelques mesures à la première scène de danse. Elle reste lente et noble, très orchestrée, presque assourdissante par moment.

Nouveau plan de la danse : le même couple vu en pied. Et d'autres couples autour d'eux, mais sans grouillement excessif. Le passage entre le plan précédent et celui-ci était un fondu lent, une image s'estompant peu à peu et la suivante apparaissant ensuite peu à peu.

X et A ont toujours la même attitude distante. X regarde A, mais sans insistance. A regarde ailleurs. Ils ne se parlent pas.

Fondu identique au précédent. La nouvelle image montre des gens dans un des salons ; gestes courts, lents,
mesurés ; conversations tout à fait inaudibles (leur son
est absent) à cause de la musique. Utiliser de préférence
un des plans déjà vus précédemment dans une des séries
rapides. On n'y voit ni A ni X ni M. Il dure ici un peu
plus longtemps que la première fois.

Fondu identique aux précédents. La nouvelle image
représente une table de jeu de poker. Cinq ou six
joueurs, dont M et X. La distribution des cartes est déjà
terminée et les joueurs n'ont plus à regarder leurs jeux.
Les cartes sont soit posées sur la table, à l'envers naturellement, soit tenues à la main en paquet fermé. Les
joueurs ont en outre des tas de jetons à côté d'eux. Au
milieu, un autre tas de jetons représente les mises
déjà effectuées.

Tous les joueurs se taisent. L'un après l'autre, en
faisant le tour de la table, ils rajoutent des jetons sur
le tas central suivant les règles du jeu de poker. Jamais
ils ne consultent leurs cartes pour cela, même s'ils hésitent un peu avant de miser. Ils se regardent seulement
mutuellement le visage, discrètement, sans insistance
inutile. Ils ne parlent pas, ou presque pas. Ils sont tendus
mais comme sans passion, efficaces et absents à la fois.

M ayant mis un paquet important de jetons, les autres
joueurs hésitent un peu plus, et une partie se retirent ;
les autres égalisent ; X met encore un peu plus ; les
derniers adversaires se retirent. (Un joueur qui se retire
place ses cartes, sans les montrer, au centre de la table,
avec les cartes restant après la distribution.) Il ne de-

X : *Souvenez-vous... C'était le soir, le dernier sans doute...* (P.

Si c'était faux, pourquoi seriez-vous là ? (P. 121.)

...eau plan de X et A dansant la valse. (P. 129.)

...heminée de la chambre avec le paysage enneigé. (P. 131.)

meure plus en jeu que M et X ; les autres les regardent,
ou regardent ailleurs. X et M surenchérissent encore deux
ou trois fois, puis M ayant joué soudain plus gros, X
réfléchit une seconde, regarde M, et abandonne, mettant
à son tour ses cartes avec le paquet. M sourit, ramasse
tous les jetons misés et place aussi ses cartes avec les
autres. Ni lui ni X n'ont montré leur jeu. M ramasse
toutes les cartes et commence à les battre.

Pendant la partie, la musique de valse s'est estompée,
et l'on a entendu de nouveau la voix *off* de X, qui
accompagne tout le jeu.

Voix de X : *Vous n'aimiez pas beaucoup marcher dans
le parc, à cause des graviers, incommodes pour vos
souliers de ville... Un jour, mais c'était sans doute plus
tard, vous y avez même cassé l'un de vos hauts talons.
Il a bien fallu que vous acceptiez mon bras pour vous
soutenir, pendant que vous enleviez votre chaussure. Le
talon était presque détaché, ne tenant plus que par une
mince garniture de peau. Vous êtes restée un instant à
le contempler, votre pied nu posé à terre, sur son extrême
pointe, un peu en avant de l'autre, dans une pose de
danseuse à l'école... J'ai proposé d'aller vous en chercher une autre paire. Vous n'avez pas accepté. J'ai dit,
alors, que je pouvais aussi vous porter dans mes bras,
pour revenir. Vous avez ri seulement, sans répondre,
comme si c'était...* (Un temps.) *Vous avez dû, ce jour-là,
rentrer vos souliers à la main, sur les graviers, jusqu'à
l'hôtel.*

Fondu identique aux précédents... qui ramène à la
salle de danse. X et A sont toujours en train de continuer
la même valse (A peut avoir, dans l'intervalle, changé

de robe ; mais ce n'est pas indispensable). C'est la fin de la danse : au bout de quelques mesures, les couples s'arrêtent, ainsi que la musique qui avait retrouvé toute son intensité ; fin de valse classique, assez grandiloquente.

Les hommes s'inclinent cérémonieusement devant leurs cavalières, à une certaine distance. C'est toujours X et A que l'on voit, au premier plan, exécuter cette figure. Puis les danseurs se dispersent. X entraîne A, toujours cérémonieusement, vers un bar tout proche. L'orchestre s'est tu. Brouhaha général de la salle, un brouhaha poli et discret. On ne distingue pas de paroles, à peine cette phrase de X : *Désirez-vous boire quelque chose ?*

A ne répond pas et se laisse conduire. Arrivée près du bar, comme X se tourne vers elle pour savoir ce qu'elle veut, elle prononce une phrase très courte, où l'on reconnaît seulement le dernier mot : *soda*. X, tourné vers le barman, commande deux boissons ; on ne comprend que le début de sa phrase : *Donnez-nous deux...*

Le brouhaha de la salle continue, fait de conversations mêlées, toutes incompréhensibles, où l'on ne reconnaît que des mots çà et là : *Vraiment très chaud dans cette salle... un peu d'air... risque de se trouver mal... ne sert à rien...*

Ils prennent leurs verres et restent là, debout, silencieux, sans même se regarder. Ils ont l'air distraits tous les deux, perdus au milieu des autres gens : on ne dirait presque pas qu'ils sont ensemble. A boit un peu. X ne boit pas, il a même laissé son verre posé sur le bar ; son regard semble suivre des yeux quelqu'un dans la foule (quelqu'un d'invisible). A regarde dans le vide, vers le bar ou le plancher ; son air absent est un peu plus inquiet que d'habitude.

Les autres personnes, autour d'eux, se sont, non pas

franchement éloignées, mais tournées dans d'autres directions, si bien que X et A se trouvent un peu isolés,
malgré la foule. A est vue de profil ; X est assez près
d'elle, mais un peu en arrière et, au lieu de la regarder,
il semble regarder au-dessus d'elle, leurs deux regards
faisant entre eux un angle droit, ou quelque chose de
ce genre (X est de face, par exemple). X commence à
parler.

Il parle très bas, mais d'une voix bien timbrée, non
chuchotée. Sa voix, au lieu de paraître venir de la position
qu'il occupe sur l'écran, est toute proche : comme si le
personnage était en gros plan. Mais on voit cependant
ses lèvres qui prononcent les mots. Son ton est celui de
quelqu'un qui se parlerait à lui-même, ou à personne,
racontant un souvenir lontain, presque indifférent ; avec
assurance malgré tout. Le brouhaha s'est considérable-
ment affaibli.

X : *Je vous rencontrais de nouveau. — Vous n'aviez
jamais l'air de m'attendre, mais nous nous retrouvions
à chaque détour d'allée, derrière chaque buisson — au
pied de chaque statue — au bord de chaque bassin.
C'était comme s'il n'y avait eu, dans tout ce jardin,
que vous et moi.*

Temps d'arrêt. On entend encore, assez vagues et sans
la moindre parole audible, des bruits de la salle, auxquels
se mêle un pas sur du gravier, très net. Sur ce bruit de
pas, X reprend :

X : *Nous parlions de n'importe quoi — du nom des
statues, de la forme des buissons, de l'eau des bassins.
— Ou bien nous ne parlions pas du tout.*

Temps d'arrêt. Silence complet (les bruits de la salle
ont été entièrement supprimés). Pendant que X parle,
d'une voix toujours égale, les deux visages demeurent

impassibles. X semble en train de voir le jardin et les
scènes qu'il évoque ; A semble ne rien entendre du tout.
Autour d'eux, qui restent immobiles, les autres gens
bougent et se déplacent, mais avec lenteur et discrétion.
Ils ont l'air de ne pas apercevoir les deux protagonistes,
ne faisant aucune attention à eux.

X : *La nuit, surtout, vous aimiez vous taire.*

Aussitôt apparaît un plan très bref (une seconde ?)
représentant une chambre vide et nue, meublée seulement d'un lit à une personne. C'est la chambre qui
servira plus tard avec un décor et un ameublement normaux, c'est-à-dire avec une ornementation assez chargée,
comme tout le reste de l'hôtel. Mais, pour l'instant, il n'y
a que des murs nus, peints uniformément d'une teinte
très pâle (presque blanche), et pour tout mobilier ce lit
extrêmement étroit, aux draps défaits ; il n'y a pas de
rideaux aux fenêtres et pas de tapis sur le plancher. Il
règne dans la pièce un grand jour, très blanc, qui ressemble à la clarté du jardin plutôt qu'à celle de l'hôtel.
On ne voit rien au-delà des vitres.

A se tient au milieu de la chambre, un peu sur le
côté de l'image et en second plan, debout et immobile,
dans la pose décrite par X au cours de la partie de
poker : le pied droit déchaussé reposant sur le sol par
la pointe, son soulier à la main ; elle regarde vers la
caméra.

Mais l'image du bar revient aussitôt, identique à ce
qu'elle était une seconde auparavant, avec X et A qui
n'ont pas bougé d'une ligne. Dans le silence, on entend

très distinctement, les bruits de pas de deux personnes marchant côte à côte sur du gravier. Puis X, toujours sans regarder A, dit encore une phrase.

X : *Un soir, je suis monté jusqu'à votre chambre...*

Et, après un silence, c'est l'image de la chambre qui revient. Et de nouveau le bar, etc. Pendant que l'on entend le grand orchestre en train de s'accorder, les deux plans alternés — la chambre nue, très claire, avec A seule au milieu, et le bar de l'hôtel avec X et A, beaucoup plus sombre — se succèdent à un rythme rapide, chaque apparition de la chambre étant imperceptiblement plus longue que la précédente, tandis que les plans du bar sont au contraire de plus en plus courts, mais de façon sensible. Chaque changement pourrait en outre être souligné par un bruit violent de l'orchestre qui s'accorde : coup de timbale ou de cymbales, appel de cor, etc.

La dernière apparition du bar est tout à fait silencieuse, les divers instruments ayant fini de s'accorder (entend-on les coups de baguette du chef ?).

Enfin la chambre demeure sur l'écran. Elle est encore semblable à ses premières apparitions, mais il y a en outre deux tabourets, et une grande quantité de paires de chaussures. A est assise sur l'un des tabourets ; l'autre se trouve à côté d'elle, avec, posé dessus, le verre qu'elle tenait à la main dans la scène du bar ; de l'autre côté du tabouret où elle est assise, les chaussures sont étalées sur le sol.

A est en train de changer de chaussures, mais elle fait ses gestes à contre-sens : cherchant des souliers du

côté où il n'y en a pas, voulant mettre un soulier à son
pied gauche qui est déjà chaussé, etc.

Dès le début du plan, la même musique de valse recommence, exactement identique mais en sourdine, un
peu lointaine, avec des flots subits plus intenses, comme
lorsqu'une musique éloignée, dans un jardin, arrive soudain portée par un coup de vent.

A relève les yeux vers la caméra, comme si elle entendait quelqu'un venir. Une sorte de rictus se dessine sur
son visage, ressemblant à un rire figé. X apparaît alors
sur l'image, en premier plan assez flou, du côté opposé
à celui où se trouve A. Dominant la musique, très faible
à ce moment, le rire de A retentit, *off,* bien reconnais-
sable, tel qu'on l'a déjà entendu souvent. Il est coupé
net au changement de plan.

C'est de nouveau le bar dans le grand salon de danse.
A et X sont toujours là, à la même place, plus ou moins
accotés au bar. Non loin d'eux, des couples valsent (à
droite et à gauche en gros premier plan ?). Une jeune
femme est en train de rire (son rire ressemble beaucoup
à celui de A, qu'il paraît prolonger) ; venant de l'avant,
elle se dirige vers le bar, du côté où se tient A : elle est
accompagnée de deux hommes, en un petit groupe gai
et libre.

X et A, au contraire, restent figés. X regarde A, A regarde la jeune femme qui rit ; elle tient encore son
verre à la main. La jeune femme passe tout contre elle
pour atteindre le bar et se trouve ainsi placée presque
derrière A, très près d'elle.

A relève alors les yeux vers X, et amorce aussitôt un
mouvement de recul, assez vif ; mais le plan est coupé

à cet instant. Pendant toute sa durée, on a entendu la
valse, avec son intensité normale ; il en est de même
sur le plan suivant.

C'est de nouveau la chambre, toujours dans le même
état, avec le même éclairage et sous le même angle. La
scène est reprise juste au moment où on l'avait laissée :
A, assise sur son tabouret, a les yeux levés, fixes et
anxieux, sur X (vu de dos ou de trois quarts arrière)
qui fait un pas vers elle. Il porte le même costume que
dans la salle de danse.

A, qui veut fuir, se lève d'un mouvement brusque et
maladroit, vers l'arrière, du côté où se trouve l'autre
tabouret, qu'elle renverse, ainsi que le verre qui est posé
dessus. Le verre est projeté avec violence et va se briser
sur le sol, faisant un bruit considérable (anormal sans
doute, puisqu'il arrive même à couvrir la musique). Mais
l'image est interrompue juste sur l'éclatement.

Et l'on voit de nouveau X et A près du bar, dans le
salon de danse. Ils n'ont pas bougé, ou presque pas.
X est exactement dans la même position, regardant A
d'un air impassible. A s'est un peu reculée, elle a
dû se heurter à l'autre femme, derrière elle. A est en
train de regarder son verre, tombé à terre et brisé en
mille miettes à ses pieds. D'autres gens regardent aussi
le verre brisé, en un cercle assez lâche ; un garçon en
veste blanche est déjà en train de rassembler les miettes
avec une serviette. La photo doit être prise vers le sol
et le verre dispersé bien visible.

Le mieux serait probablement de montrer cela en trois
plans successifs : 1) le sol vu d'en haut, 2) vue prise

horizontalement, montrant X et A, et aussi quelques autres, avec les visages figés, 3) nouvelle vue du sol entre les pieds des gens.

La musique a continué après le bruit de verre brisé. Elle se termine, normalement, au bout de quelques secondes : c'est la même fin déjà entendue une fois. Il faut donc que la version de la valse jouée cette fois-ci soit abrégée par rapport à la première, car il s'est écoulé beaucoup moins de temps depuis le début et il n'y a pas eu de coupure sensible, à aucun moment.

La valse terminée, c'est le silence. On n'entend pas cette fois-ci de brouhaha de salle. On peut percevoir seulement de menus bruits : les heurts des morceaux de verre que le garçon balaye avec sa serviette. Si l'on adopte les trois plans successifs, le premier (verre brisé sur le sol) correspondrait à la fin de la valse, le second (les personnages immobiles) au silence complet, et le troisième (le verre brisé que le garçon ramasse) aux bruits des morceaux de verre. Ce dernier plan dure un temps assez long.

Ressemblant à cette dernière vue du verre brisé sur le sol, c'est ensuite une table ronde (celle du poker) avec les jetons de poker répandus, semblables dans leur disposition aux morceaux de verre. Choisissant des jetons identiques (les rectangles longs), M est en train de disposer les séries de son jeu favori : 7, 5, 3, 1. Il y a deux autres hommes avec lui, autour de la table. Ils sont debout, ils viennent sans doute de jouer au poker et M va leur proposer son jeu avant de se séparer (mais ce n'est pas sûr). Personne ne dit rien. On entend peut-être quelques bruits lâches : des chaises qu'on dé-

Un grand escalier, avec des groupes arrêtés çà et là. (P. 9

Le jardin et les personnages figés, avec leurs ombres. (P. 1

A pendant le concert. (P. 107.)

Vous n'aviez jamais l'air de m'attendre... (P. 110.)

place ou des choses du même genre. C'est d'ailleurs un plan bref : on voit seulement M commencer à ranger les jetons.

Une vue de l'hôtel : par exemple un des grands escaliers, photographié d'en haut. C'est la nuit, comme dans toutes les scènes précédentes (danses, etc., sauf les scènes de la chambre imaginaire qui ont la lumière crue du jour). L'éclairage est plutôt faible, comme s'il était réduit à cause de l'heure très tardive. Il y a des groupes arrêtés çà et là, sur les marches, contre la balustrade, et dans le hall tout en bas, des couples en général. Plan fixe, assez bref, avec quelques bruits épars et vagues (portes, sonneries...) sans rapport avec l'image.

Une vue du jardin, la nuit. X est au bord d'un bassin à la margelle de pierre. Il regarde l'eau, debout, un peu penché en avant. Autour de lui passent des ombres. Il a le même costume que dans la salle de danse. Il reste immobile pendant toute la durée du plan.

Celui-ci, au début, est tout à fait silencieux, si ce n'est peut-être un bruit, très atténué, de pas sur le gravier lorsque des gens (ombres) passent à proximité de X. Les pas s'étant éloignés, le silence total est rétabli au moment où la voix *off* de X recommence :

VOIX DE X : *C'était toujours des murs — partout, autour de moi — unis, lisses, vernis, sans la moindre prise, c'était toujours des murs...*

Transition fondue : l'image s'assombrit encore, puis

s'éclaire de nouveau, montrant cette fois la nouvelle image. C'est une vue de couloir d'hôtel, avec des portes et des numéros de chambres sur les portes, closes.

Le plan n'est pas fixe : la caméra avance vers une paroi, puis tourne pour pouvoir continuer son chemin, arrive à une nouvelle paroi, tourne encore, etc.

Un long et lent déplacement de caméra se poursuit de la même façon, en zig-zag. Le chemin qu'on parcourt ainsi doit être extrêmement chargé en passages divers tels que colonnes, portiques, vestibules, chicanes, petits escaliers, carrefours de couloirs, etc. En outre l'effet de labyrinthe est augmenté par la présence de glaces monumentales, qui renvoient d'autres perspectives de passages compliqués.

Il y a des gens, par endroit, presque toujours arrêtés : soit des domestiques en faction, soit de petits groupes de clients en train de converser, avec des airs anodins et bizarres à la fois (c'est probablement parce que l'on ne comprend pas les paroles que les gens ont l'air bizarres). Dans ces groupes, on voit M assez souvent, et A quelquefois, mais la caméra passe sur elle comme sur les autres. On ne voit jamais X.

Il arrive que l'on repasse plusieurs fois au même point, que l'on rencontre les mêmes gens en des points différents, que l'on essaie plusieurs routes pour trouver une issue, etc.

Pendant tout ce trajet de la caméra, la voix *off* de X, qui ne s'est pas interrompue au changement de plan, poursuit.

Voix de X : ... *et aussi le silence. Je n'ai jamais entendu personne élever la voix, dans cet hôtel — personne... Les conversations se déroulaient à vide, comme si les phrases ne signifiaient rien, ne devaient rien signi-*

*fier, de toute manière. Et la phrase commencée restait
tout à coup en suspens, comme figée par le gel... Mais
pour reprendre ensuite, sans doute, au même point, ou
ailleurs. Ça n'avait pas d'importance. C'étaient toujours
les mêmes conversations qui revenaient, les mêmes voix
absentes. Les serviteurs étaient muets. Les jeux étaient
silencieux, naturellement. C'était un lieu de repos, on
n'y traitait aucune affaire, on n'y tramait pas de com-
plot, on n'y parlait jamais de quoi que ce fût qui pût
éveiller les passions. Il y avait partout des écriteaux :
taisez-vous, taisez-vous.*

Se mêlant à ce texte, on entend en outre des mots
ou des fragments de mots, ou des bouts de phrases (pris
au hasard dans n'importe quoi), mais pas coupés net :
parti de zéro le son croît très vite, atteint la normale
et décroît aussitôt (le tout en une seconde ou deux). Il
y a aussi des bruits divers, comme souvent déjà : sonneries, portes, etc. Les bruits de conversation doivent se
faire en passant près d'un groupe, mais il arrive que ce
soit ailleurs. Quelquefois les gens sont derrière une vitre,
et l'on n'entend rien du tout.

Enfin la caméra arrive sur un groupe où se trouve X.
Le groupe apparaît tout au fond et l'on s'en rapproche
ensuite jusqu'à venir buter dessus. Alors la caméra s'arrête et le plan fixe se poursuit, jusqu'à la dispersion du
groupe.

Ce sont quatre ou cinq personnes, debout. X est tout
à fait sur le côté, un peu en retrait bien que tourné lui
aussi vers le centre du groupe. Il ne prend aucune part
à la conversation ; il se contente d'écouter.

Le son des paroles part de zéro et croît tandis que la
caméra s'approche ; mais cette croissance est trop rapide

du point de vue de la vraisemblance et l'intensité normale est atteinte bien avant que l'appareil ait fini d'avancer.

PERSONNAGE (a) : *Oui, moi aussi, je crois m'en souvenir.*

PERSONNAGE (b) : *Cela pourtant ne paraît pas croyable.*

PERSONNAGE (c) : *Vous l'avez vu vous-même ?*

PERSONNAGE (d) : *Non, mais cet ami qui me l'a raconté...*

PERSONNAGE (c) : *Oh, alors... raconté...*

Ces trois dernières répliques, entendues déjà auparavant, doivent être exactement reproduites (même bande).

PERSONNAGE (a) : *Mais il s'agit d'une chose facile à contrôler. Dans n'importe quelle collection de journal, vous trouverez tous les bulletins de la météorologie.*

PERSONNAGE (d) : *Allons voir à la bibliothèque.*

Le groupe se défait. Le personnage (d), qui se trouvait sur le côté gauche de l'image, s'en va vers la gauche, un des autres le suit ; les trois derniers s'éloignent vers le fond. X reste seul, sur le côté droit ; il les regarde d'abord s'en aller, l'air sans pensée, puis il se tourne vers la droite.

La caméra se déplace alors vers la droite pour centrer davantage sur X, qui se trouve alors brusquement, ayant pivoté de 90 degrés, juste en face de A, qui de toute évidence passait par là sans le voir (il lui tournait le dos). Il s'immobilise et s'incline en un salut courtois. A, au contraire, a eu, en l'apercevant, un instinctif mouvement de recul ; mais elle s'est maîtrisée et s'arrête après un demi-pas en arrière ; elle répond d'un petit signe de tête au salut de X, qui la regarde un instant avant de parler. Son visage se détend et c'est d'un air souriant et anodin qu'il commence :

X : *Savez-vous ce que je viens d'entendre ? Que l'année dernière, à cette époque, il faisait si froid que l'eau des bassins avait gelé.*

A ne répond pas à la phrase de X ; elle continue seulement à affronter son regard. On la voit de trois quarts arrière. X est presque de face, et souriant. Ils ne bougent ni l'un ni l'autre.

Gros plan du visage de A, de face. Figure immobile mais qui semble lutter contre quelque chose, quelque menace intérieure. Durée très courte. On entend la voix *off* de X, toujours détendue.

Voix de X : *Mais cela doit être une erreur.*

Aussitôt : vue de A et X dans le jardin. Elle est de dos, lui de face, se regardant. Ils sont exactement à la même place et dans la même position que sur le plan de groupe qui terminait la marche de A dans la longue allée. X est debout, appuyé contre une balustrade de pierre ; A est au premier plan, à trois mètres de lui environ ; mais tout le reste du groupe a disparu.

On entend la voix de A, un peu altérée. C'est bien là A que l'on voit sur l'image qui parle, mais, comme elle est placée de dos, un doute subsiste à ce sujet : la voix pourrait être celle de la A du salon. Voix pâle, qui perd pied :

A : *Que me voulez-vous donc ?... Vous savez bien que c'est impossible...*

Gros plan du visage de A, absolument identique à l'avant-dernier plan. Mais, à présent, c'est le décor de la chambre imaginaire que l'on voit derrière elle, à la place du salon de l'hôtel.

Durée un peu plus longue. Après un moment de silence, la voix de X reprend, mais ce n'est plus tout à fait la voix souriante de la conversation de salon.

Voix de X : *Un soir, je suis monté jusqu'à votre chambre...*

Nouveau plan de A dans la chambre imaginaire : la caméra a seulement reculé, par rapport au plan précédent. Celui-ci reproduit maintenant l'angle de vue de la dernière scène dans la chambre. Le décor est le même à quelques détails près : le lit est fait, les deux tabourets et les chaussures ont disparu ; le verre, intact, est posé sur une table de chevet, à la tête du lit.

A est seule, debout au milieu de la pièce, et regarde autour d'elle d'un air un peu égaré. Dès le changement de plan, la voix *off* de X continue sa phrase.

Voix de X : ... *Vous étiez seule...*

Mais la voix s'arrête aussitôt et c'est, après un silence assez long, A qui se met à parler (c'est le personnage de l'image qui parle) ; son ton est apeuré, excédé, presque suppliant.

A : *Laissez-moi... Je vous en supplie...*

Le plan du salon revient aussitôt, tel qu'on l'a quitté, avec X et A dans la même position : X presque de face, souriant, et A le regardant, tournée de trois quarts arrière. Elle termine sa phrase du plan précédent, mais d'un ton plus décidé.

A : ... *Laissez-moi.*

Le demi-sourire de X devient un sourire complet, aussi aimable que possible, et il dit, du même ton de conversation anodine qu'au début de l'entretien :

X : *C'était presque l'été... Oui, vous avez raison. De la glace... c'est tout à fait impossible.*

Après un silence, il reprend :

X : *Mais il est l'heure, je crois, d'aller au concert. Me permettrez-vous de vous accompagner ?*

A ne répond à aucune des phrases de X. Quand il lui propose de l'accompagner, elle fait seulement un signe de la tête, peut-être même sans signification précise. Et ils se mettent en route, plus ou moins ensemble, X un peu en retrait, mais dirigeant A, malgré tout, à une certaine distance. Ils se taisent.

La caméra les suit. Il y a des gens, dans les fonds, çà et là. Franchissant un seuil, ils se trouvent en présence de M, solitaire, en train de fumer. A s'arrête. X continue son chemin, puis s'arrête aussi, à une distance discrète.

A et M, en présence l'un de l'autre, restent d'abord silencieux, M la regardant, A regardant un peu de côté ; puis M dit :

M : *Vous allez à ce concert.*

Ce n'est presque pas une question. A répond d'un signe de tête et dit, en tournant le regard vers M :

A : *Je vous retrouverai pour le dîner.*

Et elle continue son chemin. X fait de même ; et, tout naturellement, comme sans ostentation, ils se retrouvent marcher ensemble.

Ils longent à ce moment la longue galerie du début, mais vers la fin de celle-ci, pour que la traversée ne dure pas trop longtemps. La photographie et le déplacement de la caméra doivent être identiques à ceux du long travelling initial. La seule différence est que l'on voit X et A faire le chemin ; il n'y a pas d'autres clients visibles ; seulement des domestiques figés, postés par endroit. Ce déplacement se termine comme celui du début du film par une série de passages compliqués. Mais la lumière est maintenant mieux répartie : c'est un éclairage normal pour ce genre d'endroit.

On entend une sonnerie grêle, toute proche, continue, comme celles qui annoncent le début des représentations théâtrales.

Au bout de quelques secondes se mêle à cette sonnerie la voix *off* de X qui répète le texte du début : *pour toujours dans un passé de marbre, comme ces statues, ce jardin taillé dans la pierre, cet hôtel lui-même avec ses salles désormais désertes, ses personnages immobiles...*

Mais le texte est à peu près inaudible à cause de la sonnerie. D'ailleurs, la voix bientôt s'arrête en mourant, et la sonnerie continue seule, toujours égale à elle-même.

La sonnerie s'arrête exactement au moment où X et A pénètrent dans la salle de concert. C'est alors le silence complet, qui dure jusqu'au début du morceau que joue l'orchestre.

La salle est, cette fois, vivement éclairée (bien éclairée en tout cas) et il y a beaucoup moins de monde. Les sièges, répartis irrégulièrement comme la première fois, sont pour la plupart inoccupés. X et A s'assoient, non pas côte à côte, mais à proximité l'un de l'autre : A s'assoit d'abord et X se place un peu en retrait, avec un siège vide entre eux.

Aussitôt qu'ils sont assis, la lumière de la salle s'éteint et la caméra s'oriente vers la scène, que l'on voyait déjà plus ou moins : les musiciens étaient déjà en place, immobiles et prêts à commencer, et les spectateurs de la salle déjà figés, tournés vers la scène. Peut-être seulement l'éclairage de la scène a-t-il augmenté quand celui de la salle s'est éteint.

Il s'agit d'un petit orchestre ; par exemple : un piano à queue, une flûte, un jeu de timbales, des cymbales et une contrebasse, ou toute autre formule aussi décorative et peu classique. Le chef d'orchestre lève sa baguette. X tourne les yeux vers A qui regarde l'orchestre. L'orchestre commence à jouer.

Le morceau qu'il exécute a déjà servi de musique d'accompagnement pour certaines scènes du film depuis le début : une musique sérielle faite de notes bien séparées par des silences, d'une apparence discontinue de notes et d'accords sans lien entre eux. Mais en même temps musique violente, inquiète, qui, pour le spectateur du film ne s'intéressant pas à la musique moderne, doit être à la fois irritante et comme continuellement en suspens.

La formule orchestrale importe peu. Il faut, cependant, ne faire appel qu'à des instruments de musique classique, et autant que possible d'aspect très remarquable : piano à queue ouvert, harpe, timbales, contrebasse, trombone à coulisse, etc.

La caméra s'avance, éliminant ainsi A et X du champ. Elle ne reste pas longtemps sur l'orchestre, dont elle évitera d'ailleurs le côté pittoresque ; et le plan change,

sur un puissant coup de cymbales. Le morceau se poursuit sur le plan suivant.

Le jardin ; reproduction des images vues lors de sa
première apparition dans le film : déplacement latéral
de la caméra montrant toute une étendue d'allées, de
pelouses, de bassins, de balustrades, d'arbustes taillés,
de statues.

Mais l'ensemble n'est plus vide : posés çà et là, debout,
figés comme des statues (mais droits, les bras le long du
corps, sans poses excentriques), il y a des gens, isolés
ou groupés par deux ; si possible il y a du soleil, et
les ombres de ces personnages sont bien visibles. (Sinon,
peut-on leur peindre sur le sol des ombres artificielles ?)

La caméra ne s'arrête sur rien et continue son mouvement rectiligne uniforme. A un moment elle laisse
apercevoir, presque en premier plan, X et A. Ils étaient
masqués jusque-là par une statue. Ils sont debout, dans
une vague cachette (très vague). Ils ne sont pas l'un
contre l'autre ; X, la main étendue vers A, lui caresse
le visage du bout des doigts, dessinant les lèvres et la
joue. Ils sont sérieux tous les deux, la figure bien droite ;
X est très calme, A à peine troublée. Elle murmure :

A : *Je vous en supplie... laissez-moi.*

Bien qu'elle parle bas, on l'entend très nettement, car
sa phrase tombe dans un silence de la musique, ou sur
une note longue et faible. Mais la caméra passe sur eux
comme sur tout le reste, et le défilé du jardin se poursuit,
sans même ralentir.

Le plan change sur un nouveau coup de cymbales,

identique au premier (mais on a pu en entendre d'autres dans l'intervalle) et c'est l'orchestre qui revient : on voit alors le geste du joueur de cymbales continuer à partir de l'endroit où il s'était interrompu : les deux bras levés, cymbales déjà séparées, exécutant dans l'air deux amples courbes symétriques.

Très vite le morceau se termine (au bout de quelques secondes) ; il a duré à peine une minute en tout (moins, sans doute). Ce retour de l'orchestre doit être un plan fixe où l'on voit nettement le joueur de cymbales, debout au fond, et les visages de X et A au premier plan, en profils perdus.

A la fin aucun spectateur ne bouge, personne n'applaudit. Les musiciens aussi restent figés à leur place. Le chef d'orchestre garde sa baguette levée, en attente.

Nouveau plan montrant, d'une façon plus nette, X et A et les gens qui les entourent, tous dans la même position que sur l'image précédente. La lumière de la salle est rallumée, mais personne ne bouge. On ne voit presque plus la scène, ou même plus du tout : la photo est prise dans cette direction, pourtant, mais en légère plongée sur le dos des spectateurs.

La lumière s'éteint de nouveau et l'orchestre recommence à jouer le même morceau, exactement de la même façon. Cette fois le coup de cymbales ne déclenche aucun changement de plan (il se place soit sur celui-ci soit sur le suivant).

Nouveau plan de la salle de concert, pris dans la direction opposée (ou presque), si bien que cette fois il

n'est plus question d'apercevoir la scène. La photo montre de face un groupe d'auditeurs, dont A, mais elle est
cadrée de telle façon qu'on n'aperçoit plus X ; il y a en
outre, dans le champ, un certain nombre de sièges vides
(de part et d'autre de A, en particulier). Ce plan est très
sombre ; seuls les visages émergent de l'obscurité : tournés vers la scène, ils sont éclairés par celle-ci. Visages
immobiles et attentifs. Mais celui de A est très différent
des autres, comme absorbé par autre chose : les yeux
baissés, par exemple, ou fixés au-delà.

Le morceau de musique sérielle continue. Bien qu'il
ait commencé exactement de la même façon que la première fois, et qu'il soit resté identique à la première
audition pendant un certain temps (au-delà du premier
coup de cymbales), il évolue ensuite autrement car il
dure beaucoup plus, se poursuivant, après ces deux premiers plans montrant la salle de concert, sur toute la
première partie du suivant, qui est assez longue.

Transition fondue rapide : le plan précédent s'assombrit tout à fait, puis s'éclaire progressivement de nouveau ; ce sont les mêmes gens assis, disposés sensiblement de la même façon, mais à un autre endroit de
l'hôtel : dans un salon quelconque. La position des visages ne peut être exactement la même, mais elle doit
ressembler suffisamment pour que l'on ait l'impression
de voir apparaître les taches claires aux mêmes endroits
de l'écran. A, en particulier, doit se trouver à peu près
au même point. X est toujours absent de l'image. Un
certain nombre de sièges vides y figurent encore, en par-
culier de part et d'autre de A. Le visage de celle-ci est
exactement le même que sur le plan précédent.

L'éclairage est maintenant l'éclairage normal d'un salon de l'hôtel. Les gens parlent entre eux, mais on n'entend rien de ce qu'ils disent. Ils sont assis en ordre dispersé, comme au hasard, et ne forment peut-être pas un groupe. On ne sait même pas si la conversation est générale. On entend seulement la musique du concert, inquiète et inquiétante, très violente par moment.

X entre en scène, flânant d'un pas indécis. A n'est pas tournée de son côté et lui ne la remarque pas non plus. Il salue deux ou trois personnes du groupe, comme s'il leur demandait de prendre place parmi elles. En effet il s'assoit, mais un peu en retrait : il ne semble pas se mêler vraiment aux autres. Il ne parle pas, il a l'air absent.

Enfin X, en tournant la tête, remarque la présence de A. Elle le remarque à son tour et a comme un mouvement pour quitter l'assemblée, mais X la salue, en souriant, avec ambiguïté ; puis il continue à la dévisager fixement, ayant retrouvé sa figure grave, un peu inspirée. Elle renonce à s'en aller. Tandis que les autres continuent leurs conversations (avec échanges de partenaires aussi bien), ils restent tous les deux à se regarder en silence.

Deux personnes du groupe se lèvent et s'en vont. A les regarde partir. Puis un autre quitte encore le salon et A paraît sur le point de l'imiter, mais elle rencontre de nouveau le regard de X, et elle reste en place. De la façon la plus naturelle possible, tous les gens s'en vont l'un après l'autre. Les personnes debout que l'on apercevait peut-être aussi dans les environs ont également disparu. Il ne reste plus à la fin que X et A sur l'image, à une certaine distance l'un de l'autre, parmi des sièges vides, se regardant mais ne se trouvant pas assis face à face.

La musique s'est affaiblie progressivement, les sons devenant à la fois plus espacés et moins violents, plus discrets. Lorsque X et A se trouvent seuls, elle doit avoir entièrement disparu, sans qu'on ait remarqué sa fin.

Après avoir contemplé A un long moment, dans un silence total, X détourne la tête, ramenant son regard devant lui, mais les yeux baissés. Et il commence à parler, d'une voix lente, basse, comme rêvant tout haut.

X : *Vous n'aviez jamais l'air de m'attendre, — mais nous nous retrouvions à chaque détour d'allée, — derrière chaque buisson, au pied de chaque statue, près de chaque bassin. C'était comme s'il n'y avait eu, dans tout ce jardin, que vous et moi.*

Bref gros plan, muet, du visage de A.

Un coin de jardin : X et A, assez près l'un de l'autre et vus de dos. Par exemple : A assise sur un banc et X derrière elle, un peu de côté, regardant la même chose qu'elle : un bassin ou une pelouse vide. La voix de X continue *off* son discours.

Voix de X : *Nous parlions de n'importe quoi : du nom des statues, de la forme des buissons, de l'eau des bassins, de la couleur du ciel. — Ou bien nous ne parlions pas du tout.*

Succédant à celle-ci, c'est ensuite une série de trois ou quatre vues, aussi brèves ou même de plus en plus brèves, montrant X et A au jardin, toujours de dos, ou de trois quarts arrière, et ne parlant pas. Quelques notes éparses et douces de la musique inquiète les accompagnent.

Nouveau plan de jardin, terminant cette série. X et A se retrouvent, en face l'un de l'autre, exactement au même endroit et dans la même position que sur le plan qui suit la marche de A dans la longue allée. Ils sont seuls, X de face, appuyé en arrière contre une balustrade, et A presque de dos.

Immobilité totale des deux personnages ; puis X (celui de l'image) se met à parler, tandis que A, dont on voit très peu le visage (à cause de la façon dont il est tourné), l'écoute. X est d'abord souriant et lointain, amical, rêveur...

X : *Mais vous demeuriez toujours à une certaine distance, comme sur le seuil, comme à l'entrée d'un lieu trop sombre, ou inconnu...*

La voix marque un temps d'arrêt, avant de poursuivre, d'un ton plus décidé, plus précis.

X : *Approchez-vous.*

A hésite un instant, puis fait un ou deux pas en direction de X.

Gros plan du visage de A (dans le jardin toujours) regardant de face vers la caméra, immobile et tendue. La voix de X, *off,* répète avec fermeté :

VOIX DE X : *Approchez-vous plus près.*

Puis, en gros plan également : X caressant le visage de A, tels qu'on les a vus déjà. Ils sont au pied d'une statue, dans une situation vaguement protégée ; mais ils ne se tiennent pas l'un contre l'autre.

D'ailleurs, au bout de quelques caresses (X lui a comme dessiné les lèvres, un sourcil, la joue, les lèvres encore), elle se dégage sans presque bouger et murmure les mêmes mots que la première fois, mais plus émue.

A : *Je vous en supplie... laissez-moi...*

Puis c'est de nouveau le silence, comme au début du plan.

Gros plan du visage de X, soucieux et fermé ; dès son apparition sur l'écran, il se met à parler, avec lenteur. (C'est toujours la même scène de jardin, ainsi que dans les huit plans qui suivent, mais le décor est peu visible.)

X : *Toujours des murs, toujours des couloirs, toujours des portes, — et, de l'autre côté encore d'autres murs.*

Gros plan du visage de A, regardant la caméra de face, yeux grands ouverts. Elle écoute les paroles de X qui continuent, *off.*

VOIX DE X : *Avant d'arriver jusqu'à vous — avant de vous rejoindre — vous ne savez pas tout ce qu'il a fallu traverser.*

Gros plan du visage de X, se taisant d'abord, puis recommençant à parler, un peu plus vite, un peu plus

VOIX DE X : *...vous êtes retournée vers le lit...* (P. 13

: *Anderson arrive demain...* (P. 144.)

vient d'entrer dans la chambre (P. 145.)

passionné. Le plan changera (sur le mot *jardin*) sans que la voix s'interrompe.

X : *Et maintenant vous êtes là, où je vous ai menée. Et vous vous dérobez encore. — Mais vous êtes là, dans ce jardin...*

Gros plan du visage de A, écoutant X. Puis restant sans rien répondre, dans le silence, X ayant cessé tout à coup de parler.

Voix de X : *... à portée de ma main, à portée de regard, à portée de ma voix, à portée de ma main...*

Silence prolongé.

Gros plan du visage de X, écoutant A invisible.

Voix de A : *Qui êtes-vous ?*

Gros plan du visage de A, écoutant X invisible.

Voix de X : *Vous le savez.*

Gros plan du visage de X, écoutant A invisible.

Voix de A : *Comment vous appelez-vous ?*

Gros plan du visage de A, écoutant X invisible.

Voix de X : *Ça n'a pas d'importance.*

Cette réplique, comme les trois qui précèdent, est entourée d'importantes marges de silence.

Puis, ce plan se prolongeant, A se met à parler, comme en rêve d'abord, puis criant presque ses derniers mots.

Elle commence par répéter comme en écho un peu lointain :

A : *Ça n'a pas d'importance.*

Puis continue, après un temps d'arrêt :

A : *Vous êtes comme une ombre, — et vous attendez que je m'approche. — Oh, laissez-moi... laissez-moi... laissez-moi !*

Le plan dure encore quelques secondes avant de changer.

Gros plan, silencieux, du visage de X, se taisant, les traits durs, un peu fous, mais figés.

Plan général de la salle de concert après la fin de l'exécution. Vue prise vers le fond de la salle (on ne voit pas la scène) et centrée sur A, seule, un peu à l'écart, exactement dans la même position et au même endroit qu'après la fin de la pièce de théâtre. On ne voit pas X sur l'image. Les autres spectateurs se sont levés et réunis par petits groupes comme à la fin de la pièce, mais ils sont beaucoup moins nombreux.

On n'entend pas du tout de bruits de conversations, ni applaudissements, ni rien d'autre. Puis la voix *off* de X continue le dialogue des plans précédents, disant :

Voix de X : *Il est trop tard, déjà.*

De nouveau X et A sont dans le salon, comme on les a quittés avant la séquence de jardin. Ils sont à une certaine distance l'un de l'autre, assis, avec des sièges vides disséminés autour d'eux et entre eux. Ils ne se regardent pas. X parle, sans se tourner vers A.

X : *Vous m'aviez demandé de ne plus vous revoir.* — *Nous nous sommes revus, naturellement,* — *le lendemain* — *ou le surlendemain, ou le lendemain encore.* — *C'était peut-être par hasard.*

Un coin de jardin. X et A ensemble, se parlant, mais peut-être ne se regardant pas. Le plan pourrait constituer le contre-champ d'une des récentes vues de jardin : A assise sur un banc et X debout derrière elle et un peu de côté ; cette fois-ci, ils sont vus de face, regardant tous les deux vers la caméra : visages un peu fixes, tendus, celui de X très assuré, celui de A décontenancé.

X, les yeux dans le vide, continue à parler, de la même voix, comme si c'était la suite de la même scène.

X : *Je vous ai dit qu'il fallait partir avec moi. Vous m'avez répondu que c'était impossible, naturellement.* (Un temps.) *Mais vous savez bien que c'est possible, et qu'il ne vous reste, maintenant, rien d'autre à faire.*

A répond, au bout d'un temps assez long :

A : *Oui... Peut-être... Mais non. Je ne sais plus.* (Un silence, puis, avec une sorte de violence contenue :) *Mais pourquoi moi ? Pourquoi donc faut-il que ce soit moi ?*

X : *Vous m'attendiez.*

A : *Non ! Non... Je ne vous attendais pas. Je n'attendais personne !*

X : *Vous n'attendiez plus rien. Vous étiez comme morte... Ce n'est pas vrai ! Vous êtes vivante encore. Vous êtes là. Je vous vois. Vous vous souvenez.* (Bref silence.)

Ce n'est pas vrai... sans doute. Vous avez déjà tout oublié. (Bref silence.) *Ce n'est pas vrai ! Ce n'est pas vrai ! Vous êtes sur le départ. La porte de votre chambre est restée ouverte...*

A : *Pourquoi ? Que voulez-vous ? Qu'avez-vous d'autre à m'offrir ?*

Un silence prolongé.

X : *Rien.* (Silence.) *Je n'ai rien à vous offrir.*

Transition fondue, très rapide ; on se retrouve dans le salon de l'hôtel où X et A sont seuls parmi les chaises vides, comme avant la séquence de jardin. X continue à parler, sa voix faisant suite de façon naturelle à celle du plan précédent. X est toujours dans la même position : il n'est pas tourné vers A et, les yeux baissés, regarde dans le vide. Mais A maintenant regarde vers X, ou au-delà. X termine sa phrase :

X : *Et je ne vous ai rien promis.*

Il s'arrête, pour reprendre après un long silence, comme perdu dans les images qu'il décrit.

X : *Souvenez-vous... C'était le soir, le dernier sans doute. Il faisait presque nuit. Une ombre menue s'avançait lentement, dans la pénombre... Bien avant d'avoir pu distinguer les traits de votre visage, j'ai su que c'était vous.* (Un temps.) *M'ayant reconnu, vous vous êtes arrêtée... Nous sommes restés ainsi, à quelques mètres l'un de l'autre, sans rien dire.* (Un temps.) *Vous étiez debout devant moi, attendant peut-être, — comme si vous ne pouviez faire un pas de plus, ni retourner en arrière. Vous vous teniez là, bien droite, immobile, les bras le long du corps.* (Un temps.) *Et vous me regardez ; vos*

*yeux sont grands ouverts, trop ouverts, vos lèvres un
peu disjointes, comme si vous alliez parler, ou gémir, ou
pousser un cri...* (Un temps.) *Vous avez peur.*

A a pris peu à peu le visage que X a décrit aussitôt
après : figée et molle en même temps, bouche entr'ouverte, yeux presque écarquillés. Après avoir dit *Vous avez
peur,* X tourne lentement la tête vers A et reste un
instant à la contempler avant de poursuivre. Et il la
regarde toujours, fixement, tandis qu'il se remet à parler,
avec une passion de plus en plus grande, quoique maîtrisée.

X : *Votre bouche s'entr'ouvre un peu plus, vos yeux
s'agrandissent encore, votre main se tend en avant dans
un geste inachevé, d'attente, d'incertitude, ou peut-être
d'appel, ou de défense. Vos doigts tremblent un peu...
Vous avez peur.* (Un temps.) *Vous avez peur.*

La caméra, sur les dernières paroles de X, exécute une
sorte de mouvement tournant autour de A, pour la montrer en détail ; l'appareil, dans ce déplacement, doit cons-
tamment prendre la photographie d'un peu haut (de la
hauteur d'une personne debout).

Le mouvement de caméra se termine par un relèvement
de l'appareil qui, A et X se trouvant dans le champ en
premier plan, découvre brusquement M entre eux, c'est-à-
dire au milieu de l'image mais au second plan, et même
peut-être assez éloigné. Personne ne bouge. M a un sourire ambigu, mais fugitif, puis un sourire plus mondain.

M fait quelques pas vers eux, c'est-à-dire vers la caméra, mais il s'arrête à une certaine distance, les regarde
encore, semble changer d'avis et leur adresse seulement
un salut poli, avant de s'éloigner sur le côté.

M a disparu, mais l'image reste cadrée de la même
façon, c'est-à-dire centrée sur l'emplacement où se trouvait M. Les deux autres regardent toujours dans cette
direction-là, où il n'y a plus rien à voir, qu'un élément
d'architecture baroque ou de décoration très chargée, que
le corps de M masquait un instant auparavant. X se
remet à parler, sans cesser de fixer ce décor vide.

X : *C'est de lui que vous avez peur.* (Un temps.) *C'est
lui dont vous imaginez l'invisible surveillance, lui qui
se dresse soudain devant vous.* (Un temps.)

A détourne lentement la tête vers le côté, le côté opposé
à X, c'est-à-dire le bord de l'image, comme si elle regardait quelque chose hors du champ, et elle demeure ainsi
quelques instants.

X : *Qui est-il ? Votre mari peut-être. — Il vous cherchait, ou bien passait-il là par hasard. Il s'approchait
déjà de vous.* (Un temps.)

X se tourne vers A, et continue ensuite à la regarder
tandis qu'il parle et qu'elle reprend peu à peu sa pose
primitive : regardant enfin de nouveau vers le décor baroque, à l'endroit où M se trouvait précédemment.

X : *Mais vous restiez figée, fermée, absente... Il lui a
semblé ne pas vous reconnaître tout à fait. — Et il s'est
avancé d'un pas. Quelque chose de vous lui échappait.
— Un pas encore. — Votre regard le traversait...* (Un
temps.) *Il a préféré partir...* (Un temps.) *Et maintenant,
vous continuez de regarder dans le vide... Et vous continuez de le voir... ses yeux gris, sa silhouette grise, et
son sourire.* (Un temps.) *Et vous avez peur.*

Après avoir dit *le traversait,* X a de nouveau regardé,
à son tour, dans la même direction. Puis, sur les paroles
suivantes, A s'est levée lentement de son siège, tout en

continuant de fixer l'endroit où se trouvait M précédemment.

Sur le *Et vous avez peur,* le plan change d'un coup
pour revenir à la chambre imaginaire. Les modifications
de celle-ci par rapport à sa dernière apparition sur l'écran
sont les suivantes : il y a une cheminée de style baroque,
bien intégrée dans l'ornementation générale des murs.
C'est une vraie cheminée, un verre identique à celui qui
a été brisé est posé sur la tablette ; il est à demi-plein
d'une boisson pâle. (Un second verre, identique, se trouve
toujours sur la table de nuit, avec deux centimètres du
même liquide dans le fond.) Il y a une grande glace de
style compliqué au-dessus de la cheminée (aussi bien,
et même de préférence, une glace qui se trouve déjà
dans un salon de l'hôtel, et déjà vue à plusieurs reprises).

A est seule en scène, assise sur le lit (fait), les mains
posées sur les couvertures de part et d'autre du corps
(bras un peu écartés). Elle regarde vers le sol, à quelques
mètres devant elle, sans bouger. Les premières secondes
du plan sont silencieuses, puis la voix de X reprend *off,*
continuant de façon naturelle le discours du plan précédent.

Voix de X : *C'est son arrivée encore que vous redoutez,
ou sa présence déjà, lorsque je pénètre à nouveau dans
votre chambre.*

Un silence assez long. Puis la voix *off* poursuit.

Voix de X : *Il occupait une chambre voisine, séparée
de la vôtre par un salon privé.*

La voix est devenue imperceptiblement plus rapide, plus
tendue, moins bien contrôlée. Ces caractères se dévelop-

pent dans les phrases suivantes, jusqu'à un ton exalté et haché, mais qui se calme ensuite peu à peu.

VOIX DE X : *A cette heure-là, de toute façon, il est à la salle de jeu. — Je vous avais prévenue que je viendrais. Vous n'avez pas répondu. — En arrivant j'ai trouvé toutes les portes entr'ouvertes : celle du vestibule de votre appartement, celle du petit salon, celle de votre chambre. — Je n'ai eu qu'à les pousser, l'une après l'autre, et à les refermer, l'une après l'autre, derrière moi.*

Pendant la dernière phrase, A relève peu à peu le visage, et le tourne vers la caméra, dans le silence.

Le silence se poursuit sur un gros plan du visage de A, figé par une angoisse visible. Puis au bout de quelques secondes, la voix *off* de X, calme, basse, mais autoritaire, dit :

VOIX DE X : *Vous connaissez déjà la suite.*

Après un instant encore d'immobilité, les traits du visage se déforment, la bouche s'ouvre progressivement et A se met à crier ; le cri est strident, mais il a à peine le temps de naître et il est couvert par une détonation violente, toute proche, qui l'arrête net. C'est ensuite, dans le silence, une succession régulière de coups de feu identiques, ceux déjà entendus au salon de tir.

Le visage crispé, bouche ouverte, reste figé jusqu'à la fin du plan, tandis que les coups de feu se succèdent.

Le plan change brusquement sur le dernier coup de pistolet : nouvelle image des tireurs alignés dans le salon de tir, dos aux cibles et tournés vers la caméra,

le pistolet à bout de bras le long du corps. M est dans
la file (mais pas X) à un emplacement bien visible. Tous
sont immobiles, attendant le signal. On entend seulement
le tic-tac d'un mouvement d'horlogerie, rapide et net,
d'un bout à l'autre du plan.

Puis nouveau plan montrant X et A dans un salon de
l'hôtel ; mais ils ne sont plus au même endroit qu'avant
la scène de la chambre. Ils sont assis, seuls, dans des
positions du même genre que précédemment, ne se regardant pas, et avec des sièges vides encore, près d'eux ;
mais ce n'est pas le même salon.

Dès l'apparition de l'image, A parle : elle est tendue,
agitée, elle proteste avec un sorte d'anxiété :

A : *Non, non, non !* (Le premier mot est dit assez bas,
puis le ton monte.) *Non, je ne connais pas la suite.
Je ne vous connais pas. Je ne connais pas cette chambre,
ce lit ridicule, cette cheminée avec son miroir...*

X (se tournant vers elle) : *Quel miroir ? Quelle cheminée ? Que dites-vous ?*

A : *Oui... Je ne sais plus... Tout cela est faux... Je
ne sais plus...*

Un autre coin de l'hôtel, assez différent (pas de sièges
vides en particulier) mais toujours désert. La conversation
continue, par la réplique suivante de X, qui a l'air de
prolonger le plan précédent.

X : *Si c'était faux, pourquoi seriez-vous là ?* (Il a retrouvé sa voix calme et objective.) *... Comment était ce
miroir ?*

La réponse de A est encore sur une vue différente de l'hôtel, mais assez semblable à la première, et déserte encore. X et A sont assis, comme toujours, à une certaine distance l'un de l'autre. En arrière-plan, un domestique-statue au garde à vous.

A parle, les yeux dans le vide ; son débit est un peu haché, son ton vague. X l'écoute, la regardant maintenant fixement (mais pas dans les yeux, puisqu'elle regarde ailleurs).

A : *Il n'y a pas de glace au-dessus de la cheminée.* (Elle parle comme en rêve.) ... *C'est un tableau : un paysage, je crois... un paysage de neige. La glace est au-dessus de la commode... Il y a aussi une coiffeuse à miroir.* (Un temps.) *Et d'autres meubles encore, évidemment...* (Elle se tait.)

Le plan change après un instant de silence, et la conversation se poursuit, ailleurs encore, dans l'hôtel. X et A sont debout cette fois, et ils sont en mouvement, en train de traverser une salle ; mais c'est un mouvement assez incertain ; les pas qu'ils font ne sont pas accordés, si bien que la distance entre eux est variable (et toujours notable) ; les trajets, de X comme de A, sont irréguliers, coupés d'arrêts, de ralentissements, de détours ; pourtant ils font en gros le même chemin et, de plus, on doit avoir l'impression que c'est X qui conduit la marche. La conversation se poursuit, de place en place, coupée de silences.

La caméra accompagne le couple dans son déplacement. Cela dure longtemps, c'est un long trajet à travers l'hôtel : des salles, des corridors, des portes, des escaliers, des portes, encore des salles, encore des halls et des cou-

loirs. Tout semble assez désert ; néanmoins il y a des
gens par endroit : des domestiques et des clients aussi,
par petits groupes ; les domestiques sont figés, comme
des sentinelles postées le long du parcours ; les clients
sont presque toujours en marge de l'image, en retrait
par rapport au chemin du couple, ils sont en général
debout, par deux ou trois, assez rigides eux aussi, mais
ils se détournent pour suivre des yeux A qui passe (ou
X), d'un regard inexpressif. Lorsque X et A passent à
proximité d'un groupe, ils se taisent tout à fait, et reprennent un peu plus loin leur dialogue. Et leur marche se
poursuit, lente et discontinue, sinueuse et paraissant
toujours sur le point de s'arrêter tout à fait. X précède
A de quelques pas, puis se tourne vers elle pour l'attendre ; au passage des portes il la fait passer devant
lui, puis il la devance de nouveau de quelques pas. On
a l'impression que ce trajet ne mène nulle part.

Enfin ils arrivent à de grands halls d'entrée, des colonnades plus imposantes. Mais le spectateur ne doit pas
voir sur quoi donnent les baies, s'il y en a. A est censée
également ne pas regarder au-delà de l'endroit où elle
se trouve, et ce détail est à justifier par la disposition
des lieux et les mouvements de A. Néanmoins l'éclairage
a probablement augmenté, comme si l'on arrivait au
grand jour du dehors.

X : *Et quel genre de lit ?*
A : *Un grand lit, sans doute...* (Elle a parlé machina-
lement, comme en rêve.)
X : *Et sur quoi donnaient les fenêtres ?*
A : *Je ne sais pas... Les fenêtres...* (Puis c'est un réveil
soudain.) *Je ne sais pas de quelle chambre vous parlez.
Je n'ai jamais été avec vous dans aucune chambre.*

Un silence. Ils continuent leur chemin.

X : *Vous ne voulez pas vous souvenir... Parce que vous avez peur.*

A ce moment ils sont l'un près de l'autre dans un passage resserré. X avance la main devant A, lui barrant à demi la route. Elle s'arrête et baisse les yeux vers le bras de X, devant elle.

X (d'une voix douce) : *Ne reconnaissez-vous pas, non plus, ce bracelet ?*

Il retourne la main et l'ouvre : un petit bracelet — simple rang de perles faisant juste le tour d'un poignet étroit — y apparaît, et se reforme de lui-même en rond. A le regarde, puis détourne le visage, peut-être un peu troublée.

A : *Si... Non... J'ai eu autrefois un bracelet de ce genre.*

Ils continuent leur chemin, d'abord en silence, puis ils reprennent leur dialogue décousu.

X : *Et qu'est-il devenu ?*
A : *Je ne sais pas. J'ai dû le perdre.*
X : *Il y a longtemps ?*
A (après une hésitation) : *Je ne me rappelle plus.*

Ils s'arrêtent de nouveau dans un passage.

X (toujours voix douce) : *C'était l'année dernière. Et vous ne l'avez pas perdu. Vous me l'avez laissé... comme un gage. Votre prénom est gravé sur le fermoir.*

A : *Oui. J'ai vu... Mais c'est le prénom le plus courant. Et toutes les perles se ressemblent... Des bracelets comme ça... il doit y en avoir des centaines...*

X : *Supposez donc que ce soit le vôtre, et que je l'aie trouvé.*

Il tend le bracelet à A, qui le prend, pour le regarder mieux, mais elle y jette un coup d'œil assez distrait, et le conserve ensuite à la main : un doigt passé dedans et le reste tenu dans la paume. En même temps, ils ont repris leur marche en silence. Puis X recommence à parler, d'une voix plus basse, sa voix de visionnaire.

X : *Moi, je me souviens très bien de cette chambre..., où vous m'attendiez. Oui, il y avait un miroir au-dessus de la commode ; et c'est dans ce miroir que je vous ai vue d'abord, lorsque, sans bruit, j'ai poussé la porte...*

Il se tait un moment, avant de continuer, avec une passion croissante.

X : *Vous étiez assise au bord du lit, dans une sorte de peignoir, ou de déshabillé... blanc. Je me rappelle que vous étiez tout en blanc, et vous aviez aussi des mules blanches, et ce bracelet.*

A : *Non... non ! Vous inventez... Je suis sûre que vous inventez... Je n'ai jamais eu de peignoir blanc. Vous voyez bien que c'est une autre...*

X : *Si vous voulez.*

Un silence. Après quelques pas, X reprend, toujours de la même voix, calme et passionnée.

X : *Mais je me souviens très bien de cette chambre... et de ces dentelles blanches au milieu desquelles vous gisiez, sur le grand lit.*

A (avec une sorte d'effroi) : *Non ! Taisez-vous. Je vous en supplie. Vous êtes tout à fait fou.* (Un silence assez bref.)

X (voix douce) : « *Non, non. Je vous en supplie* »... *C'est votre voix d'alors que j'entends. Vous aviez peur. Vous aviez peur, déjà.*

Un silence. Ils avancent dans le hall, comme si A fuyait devant X, qui poursuit :

X : *Vous avez toujours eu peur. Mais j'aimais votre peur ce soir-là.* (Sans perdre sa douceur, son ton s'exalte peu à peu.) *Je vous ai regardée, vous laissant un peu vous débatttre... Je vous aimais... Il y avait quelque chose dans vos yeux, vous étiez vivante... enfin... je vous ai prise, à moitié de force...*

A vient d'atteindre le seuil d'un dernier passage, assez monumental sans doute. Elle est alors tournée vers X resté en arrière à l'intérieur du hall, et c'est en reculant, effrayée par son ton de folie, qu'elle franchit le dernier mètre. X, qui s'était arrêté, marche de nouveau sur elle, sur les mots *de force ;* elle se retourne pour fuir, fait un pas vers la sortie, tandis que lui, immobile de nouveau, prononce les dernières paroles, d'une voix presque apaisée.

X : *... au début... souvenez-vous...* (Un temps.) *Mais non... Probablement, ça n'était pas de force...* (La fin de la phrase est sans doute entendue *off*.) *Mais c'est vous seulement qui le savez.*

La caméra, qui a pivoté pour suivre la fugitive, découvre alors brusquement tout le jardin — le jardin à la française que l'on voit en imagination depuis le début — en même temps que A elle-même le découvre.

X, qui est resté en arrière, est maintenant hors du champ. A, vue de dos, s'avance lentement sur la terrasse, vers la balustrade, les statues, les pelouses régulières et les arbustes géométriques. Un grand soleil serait ici préférable. A, comme gênée par ce soleil, porte la main à ses yeux, puis continue sa marche, lente, éblouie, jusqu'à la balustrade. Elle est toujours vue de dos. Elle appuie ses mains à la balustrade de pierre, prenant exactement la pose où la caméra l'a trouvée, à cette même place, la première fois. Elle tourne ensuite la tête, comme alors, mais continue le mouvement, embrassant le jardin d'un regard panoramique.

La musique sérielle déjà entendue dans tout le film (notamment dans les scènes du concert) reprend alors, mais de façon insensible : très douce d'abord, notes éparses, comme du silence, puis prenant progressivement de l'ampleur, mais sans atteindre aux violences qu'elle avait eues auparavant. Musique à peine inquiète, mais marquant pourtant par son caractère décousu et atonal, ses aigus soudains, ses heurts, le choc que représente la découverte du jardin : quelque chose comme un choc attendu et apaisant. Cette musique continue sur le plan suivant.

Lent panoramique du jardin, tel qu'on l'a déjà vu un peu partout dans le film. A n'est plus dans le champ. Tout le jardin est désert sans un client de l'hôtel, ni un domestique. Seul, dans une allée, un jardinier penché sur son râteau, au loin sans doute.

Le déplacement de caméra s'achève sur A toujours appuyée à sa balustrade, vue de face cette fois. Elle se passe de nouveau la main devant les yeux. Derrière elle on voit l'hôtel : c'est la façade déjà montrée auparavant sur une gravure, et sur un plan de jardin (A marchant dans la longue allée rectiligne).

Même position de A, de face encore, mais photographiée de plus près, en premier plan. Derrière elle, X s'avance sur le gravier. Il la rejoint contre la balustrade

et se tourne vers elle, qui s'abrite les yeux. Ils échangent
un bref dialogue, pâle, presque à mi-voix, toute tension
disparue ; voix blanches, un peu malades. La musique
se poursuit, mêlée aux bruits de pas et aux paroles.

X : *Qu'y a-t-il ?*
A : *Ce n'est rien...*
X : *Vous êtes fatiguée ?*
A : *Un peu... Oui... Je crois...*
X : *C'est un*
A (le coupant) : *Le soleil... tout à coup...*
X : *Nous allons rentrer, si vous voulez ?*
A : *Si vous voulez.*

Ils font demi-tour et se dirigent vers l'hôtel, qui est
tout proche. On les voit s'éloigner, de dos, à une certaine
distance l'un de l'autre, X situé un peu en retrait. Dans
une scène assez rapide, mais sans précipitation, A se
tord le pied droit, et s'arrête. X s'approche d'elle et lui
offre son bras. Elle s'y appuie pour ôter sa chaussure
et reste le pied nu posé sur sa pointe, comme à la première apparition de la chambre. Elle regarde la chaussure cassée. Ils se taisent tous les deux. Puis X se retourne à demi vers la caméra, et le plan change.

Vue de la statue de couple déjà décrite et montrée
plusieurs fois dans le film. Photo fixe, prise à une certaine distance, comme si c'était ce que X aperçoit en se
retournant. La musique devient plus violente.

Des joueurs dans une salle de l'hôtel, la nuit. Ils sont
sept ou huit autour d'une table et ont chacun quelques
cartes (retournées face à la table) devant eux. X et M

Le corps de A étendu à terre. (P. 1

...ul, après le départ de A. (P. 149.)

...it signe qu'il va commencer. (P. 154.)

sont parmi les joueurs. Personne ne bouge. On ne sait pas à quoi ils jouent. Visages fermés.

Nouveau plan de X et de A dansant la valse, avec d'autres couples. Attitude toujours aussi correcte, mais leurs visages, celui de A surtout, sont nettement plus dramatiques, quoique fermés eux aussi.

Même musique, se poursuivant toujours, très violente maintenant, conservant son caractère heurté, discontinu, pleine de silences soudains. Les mouvements des danseurs n'ont donc pas de rapport avec les rythmes entendus.

Dans des salons de l'hôtel, avec des gens par groupes çà et là, A erre solitaire, l'air un peu égarée, mais faisant bonne contenance cependant.

Une autre table de jeu (sans X) : M est en train de distribuer des cartes, une à une, à un cercle de cinq ou six joueurs. Visages fermés. Gestes vifs de M, qui se répètent d'une façon mécanique durant tout le plan.

Changement brusque : X et A en tête-à-tête dans un coin du jardin. Mais sans doute il n'y a pas de soleil. Le décor et les poses ont été vus déjà auparavant : par exemple, A est assise sur un banc et X debout derrière elle, un peu sur le côté. La caméra les découvre d'assez loin et se rapproche d'eux lentement d'un mouvement régulier. Elle s'arrête lorsqu'ils sont en premier plan (de dos, toujours). C'est à ce moment que X commence à parler, d'une voix lente et interrompue de pauses et de silences. Mais on ne voit pas sa bouche, ni celle de A (et l'on entend les paroles comme si elles étaient prononcées face au spectateur).

X : *C'est ce jour-là que vous m'avez donné le petit bracelet blanc.* (Un temps.) *Et vous m'avez demandé de vous laisser une année entière, pensant peut-être ainsi me mettre à l'épreuve... ou me lasser... ou m'oublier vous-même.* (Un temps.) *Mais le temps, cela ne compte pas. Je viens, maintenant, vous chercher.* (Un silence.)

A (voix défaite et basse) : *Non... non...*

Le plan change aussitôt après le second *non.*

On voit maintenant le couple de face, au même endroit, dans la même position, tel qu'il se présentait lors de la dernière longue conversation de jardin. Le visage de X est sévère, décidé, un peu inspiré. Il appuie les mains sur le dossier du banc. A au contraire est légèrement somnambulique.

Pendant leur dialogue, X regarde tantôt vers la caméra (les yeux levés), tantôt vers A, en baissant les yeux (il peut voir son profil puisqu'il n'est pas exactement derrière elle, mais un peu de côté). A, au contraire, ne regarde jamais vers X (ce qui est normal puisqu'il est au-dessus et en arrière), mais non plus vers la caméra devant elle, sinon pour de brefs coups d'œil en tournant la tête de façon désordonnée. Son regard ne se fixe que vers le sol, ou vers la droite ou la gauche. Elle commence à parler dès les premières images du plan, continuant le même dialogue ; mais c'est sur un mode plus rapide, moins incertain.

A : *Non, non. C'est impossible.*

X (très doucement) : *Non, non. C'est impossible...* (Il a répété ces mots comme en rêve.) *naturellement.* (Un temps.) *Mais vous savez bien que c'est possible, que vous êtes prête, que nous allons partir.*

A : *Qu'est-ce qui vous donne cette certitude ?* (Un temps.) *Partir pour aller où ?*

X (voix douce) : *N'importe où... Je ne sais pas.*

A : *Vous voyez bien. Il vaut mieux nous séparer, pour toujours... L'année dernière... Mais non, c'est impossible. Vous allez partir seul... et nous serons, pour toujours,*

X (plus violent, la coupant) : *Ce n'est pas vrai ! Ce n'est pas vrai que nous ayons besoin de l'absence, de la solitude, de l'éternelle attente. Ce n'est pas vrai. Mais vous avez peur !*

Sur le mot *peur,* le plan change d'un coup :

Vue de la chambre, peinte et ornée comme elle l'était déjà la fois précédente. Au-dessus de la cheminée, à la place du miroir, il y a un tableau ancien représentant un paysage enneigé. Il y a en outre une commode (du même style que la table de nuit qui se trouvait déjà en place auparavant) et une glace accrochée au-dessus. Enfin le lit n'est plus le petit divan, mais un très grand lit à deux places, du même style et du même bois que les autres meubles. Tout ce décor est vide et bien rangé (le lit couvert de ses draperies et coussins, etc.). A en est absente. Il est probable que, sur cette vue fixe, on n'aperçoit pas le reste du mobilier, la coiffeuse à miroirs par exemple.

C'est le silence total, jusqu'à une sorte de cri, très bas, poussé par A invisible, sur lequel le plan change :

Voix de A : *Non !*

Retour au jardin : X et A (assise sur le banc), vus de dos, en premier plan, comme un peu plus haut. Ils sont parfaitement immobiles, figés, et regardent droit devant eux, dans la même direction. X répond, lentement, d'une voix basse, avec comme une force incoercible.

X : *Mais il est trop tard, maintenant.*

Sur le dernier mot de X, le plan change de nouveau, brusquement : nouvelle apparition de la chambre, à peu près identique à ce qu'elle était à l'instant. Mais il y a des tapis, et les meubles, restant les mêmes, se sont déplacés légèrement ; on sent que maintenant ils sont à leur juste place, et que tout à l'heure ils ne l'étaient pas. Quelques éléments supplémentaires complètent l'ensemble (sièges et objets divers). Le cadrage est exactement le même, il n'y a toujours pas de personnage ; la durée est plus longue que la première fois.

C'est le silence encore, jusqu'au *non* qui termine le plan, prononcé par A invisible, mais avec beaucoup moins de force : dénégation finale de quelqu'un qui se rend, comme si elle disait « Par pitié ! »

Voix de A : *Non !*

Retour au jardin : X et A toujours au même endroit et dans la même position mais vus de face. Ils regardent tous deux fixement vers la caméra. A paraît tout à fait bouleversée. X est habité d'une sorte de folie impassible (pas de grimace, surtout !). Ils se taisent. On n'entend rien d'autre non plus.

Transition fondue rapide et la chambre revient, exactement telle qu'elle était la fois précédente. Le cadrage aussi est le même, au départ du moins, car ce plan-ci n'est pas fixe : la caméra effectue une rotation qui montre la chambre en détail, et découvre bientôt A elle-même, debout, regardant vers l'appareil, avec les yeux fixes et le visage bouleversé qu'elle avait sur le plan de jardin qui précède. Elle porte une robe assez habillée, et le mince bracelet de perles blanches, qu'elle tiraille nerveusement de temps à autre, au risque de le casser. Dès son apparition sur l'écran, ou peu de temps après, elle se met à faire quelques pas incertains.

Elle accomplit un déplacement hésitant, un peu dans toutes les directions, comme prise au piège. La caméra la suit exactement. A va d'abord vers une porte, mais elle s'arrête avant de l'atteindre, va jusqu'à une autre porte, étend la main vers la poignée, mais sans la toucher tout à fait ; revient en arrière et rencontre une glace, où elle se regarde en passant ; longe un mur jusqu'à la fenêtre ; elle se passe la main devant le visage, dans le même geste qu'elle a eu en arrivant au jardin pour s'abriter les yeux du grand soleil. (La photo est prise ici de manière à ne pas montrer ce que l'on voit par la fenêtre.) La fenêtre est fermée.

Lorsque A s'est mise en marche, on a entendu la voix *off* de X, voix redevenue calme, tout à fait calme et objective, mais qui semble cacher quelque chose.

Voix de X : *Il venait de sortir.* (Un temps.) *Je ne sais*

quelle scène violente avait eu lieu entre vous, un ins-
tant auparavant...

Puis la voix se tait, tandis que A continue d'errer à
travers la chambre. Le plan est coupé lorsque, arrivée à
la fenêtre, elle fait son geste de la main.

Vue plongeante du jardin, depuis la fenêtre de la
chambre, avec la croisée en premier plan. A n'est pas
visible sur l'image, ou bien elle est très floue, sur le
côté. Le jardin, que l'on voit assez largement, est désert,
à l'exception de deux petits personnages, seuls au milieu d'une vaste étendue nue, et qui sont X et A (autant
que l'on peut en juger de si loin) marchant côte à côte,
à une certaine distance l'un de l'autre.

Reprise de l'image qui terminait l'avant-dernier plan :
A vue d'une certaine distance et regardant par sa fenêtre
fermée (on ne voit pas le jardin, sous cet angle). Elle
se passe une main devant les yeux, répétant de nouveau
le même geste. Puis elle se retourne et recommence ses
déplacements lents et incertains, dans la chambre, accompagnée par la caméra comme précédemment, pendant que reprend la voix *off* de X, toujours identique.

Voix de X : *Depuis la fenêtre de votre chambre, on*
aperçoit le jardin. (Un temps.) *Mais vous ne l'avez*
pas vu sortir, ce qui vous aurait sans doute rassurée...

Un long silence, puis la voix continue :

Voix de X : *Puis vous êtes retournée vers le lit... in-*
décise d'abord, ne sachant d'abord où aller... vous êtes
retournée vers le lit, vous vous y êtes assise, puis vous

avez laissé couler votre corps en arrière et vous avez...
vous êtes retournée vers le lit... après être restée quelques
secondes — quelques minutes même peut-être, indécise,
ne sachant que faire, regardant droit devant vous dans
le vide. Et vous êtes retournée vers le lit... Oh, écoutez-
moi... rappelez-vous... Ecoutez-moi, je vous en supplie...
Oui... Il y avait... Oui, c'est vrai, il y avait un grand
miroir, juste auprès de la porte, un miroir immense, dont
vous n'osiez pas vous approcher, comme s'il vous faisait
peur... Mais vous vous entêtez à faire semblant de ne pas
me croire. Où êtes-vous ? Où êtes-vous partie ? Pourquoi
vouloir toujours vous échapper ? C'est trop tard... C'était
trop tard déjà. Il n'y avait plus... La porte était close
maintenant. Non ! Non ! La porte était close... Ecoutez-
moi...

Ce texte est prononcé d'une voix tantôt insistante et
impérative, tantôt hésitante, ou agacée, tantôt franchement suppliante, reprenant sans cesse les indications que
A se refuse à suivre : on dirait en effet qu'elle se tient
le plus loin possible du lit, dans une sorte de résistance
obstinée et déraisonnable. L'allusion au miroir représente au contraire une concession de X, lorsque A regarde
trop longtemps vers les glaces (dont en fait elle s'approche). Et c'est quand elle est tout près de la porte maintenant ouverte qu'il dit les dernières phrases, dans une
lutte désespérée contre les images que l'on voit sur
l'écran. Il s'agit de la porte de sortie de la chambre ;
c'est sur cette vue que le plan change.

Une transition fondue ramène à un salon de l'hôtel.
A est seule, en train de lire, au milieu de fauteuils inoccupés. C'est la même image que celle où A lisait, déjà,

la première fois. Mais elle n'a plus son visage calme et
vide du début du film : elle est inquiète, nerveuse, troublée. D'ailleurs elle ne lit pas vraiment : elle feuillette
distraitement quelques pages de son livre ; puis elle relève la tête, se tourne vers la caméra, et reste ainsi un
moment ; puis, brusquement, elle regarde du côté opposé
(presque derrière elle), comme si elle avait entendu quelqu'un. Mais il n'y a personne, elle revient à son livre,
le prend, le repose sur ses genoux, etc.

Alors s'élève, une fois de plus, la voix de X : celle-ci
est très calme, au contraire, ayant tout à fait retrouvé le
ton de la narration la plus objective.

Voix de X : *Quelles preuves vous faudrait-il encore ?*
(Un temps.) *J'avais aussi gardé une photographie de
vous, prise un après-midi dans le parc, quelques jours
avant votre départ. Mais, lorsque je vous l'ai présentée,
vous m'avez répondu, de nouveau, que cela ne prouvait
rien. N'importe qui pouvait avoir pris le cliché, n'importe
quand, et n'importe où : le décor y était flou, lointain,
à peine visible...*

Sur les derniers mots, le livre glisse de ses genoux
et tombe sur le sol, une photo s'en échappe. A se baisse
et remet, après l'avoir regardée, la photo entre les pages
du livre, qu'elle replace sur ses genoux. Puis, y repen-
sant, elle reprend le livre, le feuillette distraitement, retrouve la photo et la regarde avec plus de soin (elle
regarde aussi le dos de la photo). C'est une photo d'elle-
même, dans un jardin. Après une interruption, la voix
off a continué :

Voix de X : *Un jardin... N'importe quel jardin... Il
aurait fallu que je puisse vous montrer le décor de dentelles blanches, autour de vous, la mer de dentelles blan-*

*ches où votre corps... Mais tous les corps se ressemblent,
et tous les déshabillés de dentelles, tous les hôtels, toutes
les statues, tous les jardins...* (Un temps.) *Mais, ce jar-
din-ci, pour moi, ne ressemblait à aucun autre... Chaque
jour, je vous y retrouvais...*

Le plan change pendant que A regarde la photographie.

Gros plan de la photographie, agrandie aux dimensions
de l'écran, si bien qu'on ne voit plus que c'est une photo
d'amateur. C'est d'ailleurs un plan réel et non une photo
fixe, mais comme A y reste immobile, on voit à peine
(ou pas du tout) que l'image est animée. Le visage est
de face, regardant vers la caméra, détendu et souriant,
dans une atmosphère de vacances et de liberté. La voix
off poursuit.

Voix de X : *Lieu tranquille, peu fréquenté, même souvent désert, surtout aux heures chaudes... l'été...*

L'image change d'un coup : c'est maintenant, en assez
gros plan encore, les deux visages de X et de A, de profil
et se regardant l'un l'autre, mais à une certaine distance
l'un de l'autre. X parle. A se met à sourire, presque à
rire, détendue tout à fait. Entre les deux, on aperçoit une
longue perspective de jardins (toujours les mêmes jardins).

Ce plan est d'abord silencieux, bien que les lèvres de
X remuent, sur l'image, et qu'il soit visiblement en train
de parler, mais on n'entend rien du tout ; de même le
demi rire de A est tout à fait muet. Et c'est la voix *off*
de X qui continue, encore, à ce moment.

Voix de X : ... *C'est un après-midi...* (La voix est un peu incertaine.) *le jour suivant, sans doute... Je viens de vous annoncer que nous partirons... Mais vous n'étiez pas en train de rire...* (Voix plus ferme.) *Que nous partirons le lendemain matin, sous prétexte d'une promenade en voiture... mais pour ne plus revenir...* (Voix de nouveau plus incertaine.) *pendant qu'il...*

Le plan change au milieu du rire de A, qui a repris de plus belle, bien que toujours muet.

Gros plan de A riant et vue de face, identique comme décor, distance et cadrage à la photo échappée du livre telle qu'elle apparaît à l'avant-dernier plan. Seule l'expression de A a changé. La voix *off* s'éteint dans l'incertitude :

Voix de X : ... *pendant qu'il... Non... Ce n'était pas ça...*

Nouveau plan de X et A parlant ensemble, au jardin, Cette fois ils sont pris de plus loin et l'on voit mieux le décor immédiat qui les entoure : c'est un coin caractéristique du parc, avec, en particulier, tout près d'eux, la statue déjà longuement vue et décrite (celle à deux personnages) et qui pourtant ne se trouvait certainement pas à cet endroit les autres fois.

Comme dans les deux plans précédents, A semble avoir perdu, à la fois, son « vide » du début du film et son angoisse des dernières scènes. Par ses attitudes et son visage (on ne connaît pas les paroles), elle a l'air seulement belle et libre, à peine un peu exaltée.

Ici encore, le dialogue des personnes visibles est remplacé par la voix *off* qui, après un silence assez long, donne la suite de son récit haché, hésitant.

Voix de X : *Oui, nous étions dans votre chambre... Ce départ devait être déjà fixé depuis la veille... Vous aviez accepté... à regret peut-être...* (Un temps.) *J'étais dans votre chambre...* (Un temps.) *De la porte d'entrée, c'est le lit qu'on aperçoit d'abord...*

Ensuite, la caméra recule progressivement, et, si possible, en prenant de la hauteur. Les personnages ont ainsi, autour d'eux, une zone de jardin de plus en plus importante ; mais la statue sur son socle, elle, à cause de sa situation, paraît au contraire grandir par rapport à eux. La voix ne s'interrompt pas.

Voix de X : *Mais la coiffeuse n'était pas visible depuis le seuil... Vous vous teniez sans doute, du côté opposé, près de la fenêtre, surveillant peut-être le jardin... Je ne sais plus au juste...* (Un temps.) *Dans l'escalier, je l'avais rencontré qui descendait... Il venait de quitter votre chambre... A moins que ce ne fût un autre jour...* (Un temps.) *Ce soir-là, tout était vide : escaliers, couloirs, escaliers...*

Puis, d'un seul coup, les personnages disparaissent tout à fait, escamotés de l'image. En même temps le plan se fixe à nouveau, et dure ainsi quelques instants, sur le jardin vide et sa statue.

La voix est coupée net, au moment précis où les deux personnages disparaissent de l'image, par la première note (assez sonore) d'une musique sérielle (du type déjà

entendu souvent), assez douce ici et à trous de silence
très nombreux. Cette musique se poursuivra sur le plan
suivant, avec les mêmes caractères, et çà et là des violences soudaines, aussi irritante que possible.

Et brusquement c'est encore la chambre qui revient,
exactement dans l'état où on l'a quittée (décor, mobilier et accessoires divers). A est debout au milieu, au
même endroit et dans la même posture que lorsque la
caméra l'a découverte, la fois précédente, les yeux fixes
et anxieux, tiraillant nerveusement son mince bracelet de
perles. Presque aussitôt, elle casse net le bracelet. Les
perles se répandent à terre. Elle s'assoit à demi sur le
tapis, ou se met à genoux, pour les ramasser. Elle est à
présent en robe d'intérieur assez austère (qui n'est pas
le déshabillé blanc auquel il a été fait allusion). Elle
a de nouveau son visage troublé, inquiet ; et elle donne
les mêmes signes d'attente, ou de crainte, que dans la
scène récente où elle feuilletait un livre, au salon de
lecture.

Dans un moment assez discret de la musique, on entend de nouveau la voix *off* de X, de plus en plus désemparée.

Voix de X : *Il était entré... Vous aviez été surprise par
sa visite... Il ne semblait pas avoir de but précis. Il a
fait allusion au concert de la veille, je crois, ... ou bien
c'est vous qui, la première, vous êtes mise à en parler...
Non... Non... Je ne me souviens plus... Je ne me souviens
plus moi-même.* (Un temps, puis, d'une voix très lasse.)
Je ne me souviens plus.

A se redresse, pose les perles sur la commode, regarde
encore à terre, relève les yeux, les tourne dans diffé-

rentes directions, vers les portes, vers les glaces, dans le vide. Elle traverse la chambre pour aller regarder par la fenêtre, et, comme si elle cherchait à apercevoir quelque chose à l'extérieur, juste au ras du mur, se hausse sur la pointe des pieds tout en dirigeant ses regards vers le bas. Elle va ensuite jusqu'à sa coiffeuse, retourne vers la fenêtre mais sans aller jusqu'au bout de son idée, fait quelques pas indécis et revient à la coiffeuse, où elle s'assoit un instant, mais pour se relever aussitôt, etc.

Pendant ce temps, la caméra elle-même a donné des signes d'agitation : exécutant divers mouvements de rotation, de volte-face et même des changements brusques de plan.

Sur un de ces changements brusques, A apparaît de nouveau près de la fenêtre, en train de regarder vers le bas, à travers les vitres qui la gênent. On ne voit rien de ce qu'elle aperçoit ; peut-être même ne voit-on rien du tout, de l'autre côté des vitres, à cause de la façon dont la photo est prise.

La musique s'étant tue, comme si un des blancs de la partition s'éternisait, le début du plan est tout à fait silencieux. Puis on entend des coups à la porte, nets et discrets une première fois, un peu plus forts la seconde fois.

Entendant frapper, A se retourne vivement ; restant d'abord sans bouger, aux aguets, elle se dirige ensuite à pas silencieux, sur le tapis, vers la coiffeuse. On frappe de nouveau, tandis qu'elle s'y assoit ; toujours sans répondre, elle prend sa brosse à cheveux et défait sa coiffure. Au bruit de la porte qui s'ouvre, elle lève les yeux, de côté, vers la glace qui se trouve au-dessus de la commode. Aussitôt le plan change, pour montrer l'autre face de la pièce.

M, qui vient d'entrer, se tient immobile devant la porte de la chambre, déjà refermée. Il est en tenue habillée, souriant, mondain, un peu distant mais attentif. Il s'avance et évolue lentement à travers la chambre tout en parlant. De temps en temps il regarde A, qui se brosse les cheveux avec soin, ce qui la dispense de regarder M.

M s'approche de la commode et y voit la photo de A, posée dessus : c'est la photo qui se trouvait dans le livre (format carte postale, en largeur). Il la prend et la regarde un instant, tout en continuant à parler. Il ne semble pas d'ailleurs y attacher beaucoup d'importance, mais son ton, dans tout ce dialogue, doit être un peu ambigu : est-ce ou non un interrogatoire ? A s'absorbe dans sa coiffure, ce qui dissimule en partie sa nervosité. M ensuite va jusqu'à la fenêtre ; il y jette à peine un coup d'œil et revient vers A, etc. Il effectue tous ces mouvements de façon assez nonchalante, et pourtant il y a dans ses gestes une sorte de précision, comme si chaque pas était calculé ; ses déplacements à travers la chambre sont aussi différents que possible, comme caractère, de ceux de A tout à l'heure.

La caméra, de même, effectue elle aussi des mouvements beaucoup moins saccadés. Ce sont d'ailleurs des mouvements lents et de faible amplitude, qui ont seulement pour but de maintenir à la fois M et A dans le champ ; autant que possible A doit rester au second plan par rapport à M, dans la plupart des cas.

M a commencé presque tout de suite à parler. La conversation est décousue, comme s'ils étaient « ailleurs ».

M : *Je frappais... Vous n'entendiez pas ?*
A : *Mais si. Je vous ai répondu d'entrer.*
M : *Ah bien... Vous n'avez pas dû le dire très haut.*

Un silence. Il regarde la photo.

M : *Qu'est-ce que c'est que cette photographie ?*
A : *Vous le voyez... une vieille photographie de moi.*
M : *Oui.* (Un temps.) *De quand date-t-elle ?*
A : *Je ne sais pas... De l'année dernière ?...*
M : *Ah.* (Un temps.) *Qui l'aurait donc prise ?*
A : *Je ne sais pas... Frank peut-être...*
M : *L'année dernière, Frank n'était pas ici.*

Un silence.

A : *Eh bien, ça n'était peut-être pas ici... C'était peut-être à Frederiksbad... Ou bien c'était quelqu'un d'autre.*

Un temps.

M : *Oui... sans doute.* (Un temps.) *Qu'avez-vous fait de votre après-midi ?*
A : *Rien... J'ai lu...*
M : *Je vous ai cherchée... Vous étiez dans le parc ?*
A : *Non, dans le salon vert... près de la salle de musique.*
M : *Ah bien... J'y suis passé pourtant.* (Un silence.)
A : *Vous aviez quelque chose à me dire ?*
M : *Non.* (Un temps. Gentil, un peu triste :) *Vous paraissez inquiète.*
A : *Je suis un peu fatiguée...*

A s'est remise à regarder à terre, près d'elle, à l'endroit où les perles ont pu rouler lorsqu'elle a cassé le bracelet. M la regarde faire.

M : *Il faut vous reposer. N'oubliez pas que nous som-*

mes là pour ça. (Un temps.) *Vous avez perdu quelque chose ?*

A : *Non... Peut-être des perles... J'ai cassé le petit bracelet.*

M (il regarde les perles sur la commode) : *Ça n'est pas très grave... Vous savez bien qu'elles sont fausses.*

A : *Oui...*

Mais elle continue à chercher, des yeux, le visage baissé. Il se dirige vers la porte. Elle relève alors la tête.

A : *Vous sortez ?*

M : *Je vais peut-être aller à la salle de tir.*

M s'est arrêté près de la porte par laquelle il est entré au début de la scène.

A : *A cette heure-ci ?*

M : *Oui. Pourquoi pas ?* (Un temps.) *Anderson arrive demain... Nous déjeunerons avec lui à midi... si vous n'avez pas d'autres projets...*

A : *Non... bien sûr... quels projets ?*

M : *A ce soir, donc.*

Le plan est coupé tandis que M ouvre la porte pour sortir.

Un nouveau cadrage donne la suite de la même scène, la caméra dirigée à présent sur A, en premier plan. Tandis que M sort (mais on ne le voit pas sur l'image), A fait semblant de s'absorber dans la mise en ordre de ses cheveux. Aussitôt le bruit de porte achevé, elle se dresse lentement, se met debout sans quitter sa place, l'oreille tournée vers la porte par où M vient de partir. Après quelques secondes d'immobilité complète, elle fait deux

VOIX DE X : *Il y aurait un an que cette histoire...* (P. 1

...Demain, je serai seul... (P. 167.)

X DE X : *Il était convenu que nous partirions...* (P. 168.)

ou trois pas vers le centre de la pièce, raide et indécise à la fois, les yeux dans le vague. Elle jette un bref coup d'œil à la fenêtre ; puis, restant tournée vers la fenêtre, elle abaisse son regard sur le sol et reste ainsi de longues secondes, comme absorbée dans quelque réflexion ardue, plus vide qu'angoissée, regardant sa main peut-être, à demi étendue en avant, dans un geste qui reproduirait par exemple celui d'une statue vue dans le parc (et sa robe d'intérieur, aussi, y ferait penser).

Un long silence suit le départ de M, puis la voix *off* recommence, assez basse d'abord, mais ayant retrouvé son assurance, son débit régulier, son ton objectif, et atteignant bientôt son intensité normale.

Voix de X : *Une fois la porte refermée, vous avez guetté les bruits de pas, dans le petit salon qui sépare vos chambres, mais vous n'avez rien distingué, et vous n'avez pas entendu non plus, d'autres bruits de portes.* (Bref silence.) *Pour se rendre à la salle de tir, le plus commode est de passer par la terrasse, le long de la façade arrière de l'hôtel.* (Bref silence.) *Mais on ne peut pas, sans ouvrir la fenêtre, apercevoir cette zone, située trop au ras du mur. Vous avez espéré entendre le bruit de ses pas sur le gravier ; ce n'était guère possible, de cette hauteur, à travers les vitres ; il n'y a d'ailleurs probablement pas de gravier à cet endroit-là.*

Sur les mots *à cet endroit-là,* elle se tourne soudain vivement vers la porte, en levant les yeux à hauteur d'homme ; et le plan change aussitôt, pour montrer ce quelle voit.

L'image est centrée sur la porte, déjà refermée, par laquelle X vient d'entrer. L'image reproduit alors exacte-

ment celle de l'arrivée de M : un homme immobile, debout devant la porte, face à la caméra ; mais c'est X à
présent et non M. Il a un bref sourire, bizarre, presque
un sourire de fou, et des yeux de fou.

En contre-champ : A faisant des signes à X, de se
taire, de faire attention, de se méfier d'un danger imminent ; elle paraît tout à fait hors d'elle ; elle porte toujours la même robe d'intérieur, mais celle-ci semble
transformée : moins austère, beaucoup plus troublante.
Ce plan est assez rapide. A doit être située sur un
côté de l'image, et non au milieu.

Changement brusque : la même chambre, mais la photo
étant prise vers la fenêtre ; s'il y a plusieurs fenêtres,
c'est toujours la même qui doit servir : c'est celle par
laquelle A puis M ont regardé tour à tour que l'on voit
de nouveau, avec M devant, dans la même position que
celle qu'il a occupée pour regarder dehors, il y a un
instant, c'est-à-dire en contre-jour et vu de dos. Il est
au milieu de l'image, et l'on n'y voit personne d'autre.
Il se retourne d'un bloc en levant un bras devant soi :
il a un pistolet à la main et il tire aussitôt (même mouvement exactement que celui du stand de tir). Plan rapide, qui s'interrompt dès que le pistolet, brandi vers
la caméra, a fait feu.

On n'entend pas la détonation (ou bien c'est un bruit
très lointain, très atténué) ; on voit pourtant la fumée
qui sort du canon.

Puis c'est un plan extrêmement rapide du corps de A étendu à terre, vu d'en haut. Elle a les yeux grands ouverts et la bouche entr'ouverte, une espèce d'air extasié sur le visage. Sa robe, à moitié défaite, est cette fois franchement provocante. Les cheveux sont étalés, en un désordre aussi très séduisant. Elle est tombée en partie sur une peau de bête à fourrure épaisse (se trouvait-elle là auparavant ?).

Changement brusque : X et A dans un salon de l'hôtel, assis à l'écart, en quelque coin retiré, dans la même situation où on les a déjà vus souvent : relativement éloignés l'un de l'autre et ne se regardant pas ; mais le décor n'est probablement pas le même que pour ces conversations précédentes. Entre X et A, debout à une certaine distance et regardant vers eux, se trouve M, exactement dans sa posture de la scène où il s'était approché puis retiré sans rien dire.

X et A sont de face en premier plan, et M davantage dans le fond, tourné aussi vers la caméra. Sur l'image initiale, M doit être nettement plus près de A que de X (il s'agit de la distance apparente, sur l'écran). Mais le plan n'est pas fixe : il oscille, dès son apparition. Centré d'abord sur X A, il se déplace vers A, jusqu'à être centré sur M A (X est hors du camp à ce moment-là), puis il revient vers X jusqu'à être centré sur lui (M et A sont alors hors du champ), enfin il revient vers A et s'arrête lorsqu'il est centré, comme au début, sur X A. Mais M a maintenant disparu de l'image, volatilisé dans l'opération.

Ils sont, pendant ce temps, restés immobiles tous les trois. X a un visage un peu exalté, A paraît troublée,

M est énigmatique. Quelques secondes après l'arrêt des oscillations, X parle. A est nettement fascinée par son discours. Lorsqu'elle répond, c'est pour réagir contre elle-même.

X : *Un bras est à demi replié vers les cheveux, main abandonnée, paume ouverte... L'autre main est posée sur le menton, l'index tendu, presque sur la bouche, comme pour ne pas crier...*

Puis, après un silence, X se tourne lentement vers A, la regarde, et continue d'une voix assez basse, qui a de la peine à conserver son apparente neutralité.

X : *Et maintenant vous êtes là de nouveau... Non, cette fin-là n'est pas la bonne... C'est vous vivante qu'il me faut...* (Un temps.) *Vivante... comme vous l'avez été déjà, chaque soir, pendant des semaines.... pendant des mois...*

Il la regarde comme s'il exigeait une réponse, avec intensité. Elle se tourne vers lui, paraît un moment sur le point de se rendre ; puis elle se secoue imperceptiblement, comme sortant d'un rêve, et c'est d'une voix presque dure qu'elle répond.

A : *Je ne suis jamais restée si longtemps nulle part.*

X : *Oui... Je sais... Ça m'est égal... Pendant des jours, et des jours...* (Un temps. Voix un peu lasse :) *Pourquoi ne voulez-vous, encore, vous souvenir de rien ?*

A : *Vous délirez !... Je suis fatiguée... laissez-moi !*

Le *Vous délirez !* est presque un cri de peur et de haine mêlées. Puis, tout à coup, ses deux dernières phrases sont vidées, désespérées, abandonnées... Elle se lève en même temps de son fauteuil. Puis elle s'éloigne lentement. X ne fait pas un geste pour la suivre. Il la regarde seulement disparaître, dans des profondeurs de colonnes et de portes... La musique irritante et discontinue reprend, sur quelques notes incertaines, et se développe pendant les plans qui suivent.

Gros plan du visage de X : exalté d'abord, puis qui s'adoucit en un sourire malheureux, et finit par se figer sur un air froid qui lui est familier, dur, attentif au monde mais replié sur soi, impénétrable.

Nouveau plan de X, toujours à la même place, photographié d'un peu plus loin. Visage neutre, yeux dans le vide. Il s'appuie d'un coude sur une table basse, ronde, qui se trouve tout contre son siège. Il a dans la main une boîte d'allumettes, qu'il ouvre machinalement, et il regarde tout le contenu s'écouler sur la table : petites allumettes-bougies italiennes ; les regarde ; se met à les disposer dans l'ordre prescrit : 7, 5, 3, 1, méthodiquement mais l'air ailleurs.

Transition fondue : une autre table, avec tout un jeu de dominos étalés et un grand nombre de joueurs autour (ils jouent sans doute avec plusieurs boîtes réunies, pour faire plus de dominos). La partie est déjà très avancée et tout un labyrinthe occupe le centre de la table, avec un tracé anguleux inutilement compliqué. Et la partie se continue : chaque joueur, à tour de rôle, plaçant un domino à la suite ou s'abstenant. X et M sont parmi les joueurs.

Après divers mouvements pour montrer le jeu (c'est la table qu'on a vue d'abord) puis les joueurs, un long déplacement latéral (peut-être courbe) de la caméra

s'amorce à partir de la tablée. On voit d'abord le bout
de table où se trouve X, qui est en train de chercher
à placer un domino, puis ses voisins jusqu'à M qui est
attentif et impassible (le même sérieux que pour jouer
à n'importe quoi) ; puis la caméra, toujours dans le
même mouvement régulier, abandonne la tablée des dominos ; continue dans le reste de la salle, où sont d'autres groupes, jouant ou non ; passe de même sur A immobile, à contre-jour dans une embrasure de fenêtre,
debout, de profil, puis regardant au dehors ; continue
toujours son même mouvement et (après d'autres personnages) atteint de nouveau X, mais seul et dans un autre
endroit tout à fait, peut-être même un peu hors de la
salle, dans un dégagement quelconque (hall ou vaste
corridor) qui se trouve entre celle-ci et une autre partie
de l'hôtel (autre salon, palier d'escalier, etc.).

La caméra continue toujours son mouvement, mais elle
ne rencontre plus personne, et elle vient bientôt buter
contre une porte (assez monumentale sans doute, en tout
cas ce n'est pas une porte de chambre, car il n'y a pas
de numéro).

Le plan change aussitôt, remplacé brusquement par
une nouvelle version de la chambre de A. Il y a maintenant, outre le décor et le mobilier, resté en place, tels
qu'ils étaient la fois précédente, une sorte de prolifération des ornements, soit sur les murs, soit dans les détails de l'ameublement : une masse considérable de choses
rajoutées, encombrant tout l'espace d'un flot baroque,
étouffant, mais réaliste.

La musique a cessé au changement de plan. On n'entend plus que les menus bruits — réalistes eux aussi, mais

peut-être un peu exagérés par la prise de son — de ce
qui se passe dans la chambre : claquement des pantoufles
d'apparat sur les parties du sol non recouvertes de tapis,
tiroir qui s'ouvre, papiers que l'on remue, etc. (Peut-
être aussi entend-on, une ou deux fois, des bruits extérieurs, du genre sonnerie lointaine, porte qui se ferme,
etc. ; et à chaque fois, A tendrait l'oreille, inquiète soudain.)

Il fait nuit, les rideaux sont fermés. A est dans sa
chambre, vêtue d'un déshabillé blanc (sur une chemise
de nuit probablement) extrêmement luxueux, vaporeux,
assez touffu ; cela doit être convenable et plaisant à la
fois, et assorti aussi aux excès du décor. A est debout
au milieu de la pièce, elle a l'air en même temps d'être
chez soi et d'être un peu perdue. Son visage est de nouveau vide, mais ce n'est plus le vide mondain, c'est
celui de l'attente. Yeux agrandis, cheveux brossés pour
la nuit, mais libres, lèvres fardées, etc. C'est plutôt une
femme qui attend un amant, ou un mari, qu'une femme
qui va dormir.

Elle fait quelques pas incertains, mais non pas
anxieux comme précédemment, prend un bibelot en main
pour le regarder, allume une petite lampe, s'approche
d'un secrétaire dont l'abattant est ouvert. Tous ces gestes
sont un peu rêveurs, précédés et suivis de longues pé-
riodes d'expectative. Elle ouvre un tiroir (pas un petit
tiroir, mais quelque chose d'assez large et profond) et
fouille d'une main, assez distraitement, trouve une feuille
de papier blanc (format commercial) et la pose sur l'abattant. Cherche de nouveau dans le tiroir, ne trouve pas
ce qu'elle cherche (une enveloppe, un crayon ?), y fourre
les deux mains cette fois, en ouvrant le tiroir davantage,
et met ainsi à jour une masse de photographies d'ama-

teur (format carte postale ou même plus grand). Nullement surprise de leur découverte, A en saisit un paquet,
les dépose en vrac sur l'abattant du secrétaire : ce sont
toutes des photos de A dans le jardin de l'hôtel, et souvent en compagnie de X ; toutes proviennent de scènes
vues dans le cours du film. A les prend une à une et
les approche de son visage pour les regarder mieux.
On entend avec beaucoup de netteté (trop, même ?) les
bruits des photographies demi-souples qu'elle manipule.

La caméra s'approche aussi et les dernières photos
de la série apparaissent tout à fait en gros plan, occupant presque tout l'écran, et ne sont plus séparées par
le geste de A pour reposer l'image et en prendre une
autre. Le changement se fait alors d'un seul coup, les
photos restant immobiles. On continue néanmoins à entendre les mêmes bruits de manipulation.

La dernière image occupe entièrement l'écran, sans aucune marge, et pourrait très bien n'être plus une photo
que tient A. C'est seulement une image fixe. Elle représente X et A regardant la statue, et appartient elle aussi
à un plan du début du film. Mais on entend encore, au
changement, les mêmes bruits de cartes postales, ainsi
que pour les trois plans suivants, bien qu'il ne semble
plus s'agir de photographies que A serait en train d'exa-
miner.

Nouvelle image fixe, prolongeant le rythme de succession des photos : le jardin encore, largement découvert.
X et A sont dans le fond, assez petits, vus de dos, et,
bien qu'immobiles, semblent en train de s'en aller, le

long d'une large allée en perspective. Cette vue n'appartient pas à une scène du film.

Vue du jardin vide, à un autre endroit. Il n'y a pas un seul personnage. L'image vient sans doute d'un panoramique du début. Toute la série de ces images a défilé assez vite.

Vue d'un salon de jeu dans l'hôtel : la table de dominos précédente, avec presque tous les joueurs autour. Mais ils ne jouent plus aux dominos. C'est le jeu favori de M qui se trouve disposé sur la table, réalisé avec des dominos retournés, rangés en bon ordre : 7, 5, 3, 1. C'est M et X qui vont jouer ensemble, assis l'un en face de l'autre, dans la largeur de la table oblongue (ils ont donc changé de position). C'est la table que l'on voit le mieux, photographiée d'un peu haut, comme dans les premières images de la partie de dominos.

Après le bruit de photo que l'on manipule, qui marque le début du plan, on entend aussitôt les commentaires que sont en train de faire les spectateurs.

— *Je trouve ce jeu absurde.*
— *C'est un truc à connaître.*
— *Il suffit d'en prendre un nombre impair.*
— *Il y a des règles, sûrement.*
— *C'est celui qui commence qui perd.*
— *Je me rappelle que Frank jouait à ça, l'année dernière... Si, si, j'en suis certain.*
— *Ce qu'il faut, c'est prendre à chaque fois le complément à sept.*
— *Dans quelle rangée ?*

Ayant considéré le jeu longuement, X fait signe qu'il va commencer ; les autres se taisent tous et X parle, s'adressant à M.

X : *Je vous en prie, commencez donc.*
M : *Avec plaisir... Lequel voulez-vous que je prenne ?*

X regarde alors M, comme pour voir s'il est sérieux, puis il regarde de nouveau le jeu et désigne le dernier domino de la rangée de 7 (c'est la rangée qui se trouve du côté de M, le domino isolé étant vers X).

X : *Celui-ci.*
M : *Parfait.*

M prend donc un des 7, X prend deux des 5, M prend cinq des 7, X réfléchit une seconde et prend deux des 3, M prend les trois qui restent dans la rangée de 5. Il reste alors trois dominos isolés. X tend la main vers l'un d'eux et la retire après quelques secondes, sans rien prendre, s'apercevant qu'il a perdu. La partie a été rapide et silencieuse.

X : *Eh bien, j'ai perdu.*

Il commence, lentement, réfléchissant à ce qu'il aurait dû faire, à remettre les pièces en place pour une nouvelle partie du même jeu, tandis que l'appareil s'approche de lui.

Un léger brouhaha de conversations se développe, pour s'accentuer au cours d'une transition fondue assez lente, et se maintenir sur le plan qui vient ensuite. C'est de nouveau la chambre, identique à ce qu'elle était la dernière fois : ameublement et décoration surchargés. A, dans le même appareil de mousseline blanche, est maintenant assise sur le bord du lit. Toutes les photographies qu'elle a trouvées tout à l'heure dans le secrétaire sont étalées autour d'elle : sur le lit, sur la table de nuit, sur le tapis, le tout dans un grand désordre. Mêlées aux images de jardin appartenant à tout le film çà et là, se trouvent aussi, bien en évidence, des photos de la scène qui va se dérouler dans la chambre même (avec décor modifié, voir plus loin). A est immobile, regardant vers le sol, et particulièrement vers des images de ce qui va suivre (scène de viol).

Sur le fond confus des conversations mêlées se détachent des lambeaux de phrases distincts, çà et là :

— *C'est celui qui commence qui gagne.*
— *Il faut en prendre un nombre pair.*
— *Le plus petit nombre impair total.*
— *C'est une série logarithmique.*
— *Il faut changer de rangée à chaque fois.*
— *Divisé par trois.*
— *Sept fois sept quarante-neuf.*

Brusque changement de plan : X gravissant un escalier de l'hôtel, monumental et désert. Il monte lentement, empruntant le milieu des marches. Le silence est total, ainsi que sur les trois plans qui suivent.

Et c'est ensuite la chambre, de nouveau, mais telle qu'elle était avant la prolifération des ornements : tous les accessoires supplémentaires ont disparu, de même que les photographies répandues. A est exactement dans la même position, regardant le sol, assise sur le lit, les bras de part et d'autre du corps. Elle est vêtue de la

même façon : déshabillé blanc vaporeux. Le plan est
fixe ; on ne voit pas A directement mais dans la glace
qui se trouve au-dessus de la commode, la caméra étant
assez loin de cette glace. A lève au bout de quelques secondes le visage vers la glace, son regard se fixant sur
la caméra par l'intermédiaire du miroir. Visage angoissé
soudain.

Le plan change aussitôt : A toujours dans la même
posture et le même décor, mais vue sans l'intermédiaire
de la glace, depuis la porte de la chambre, et tournée
vers cette porte, regardant de face avec un visage bouleversé (par la terreur, ou par quoi ?). Plan bref.

Un bond de l'appareil : l'image est cette fois prise de
tout près. Même décor. A, dans la même posture, regardant vers la caméra qui se trouve maintenant juste devant elle. A lève les bras dans un geste de défense incertain, à demi seulement.

X apparaît en premier plan, vu de dos. Assez rapide et
brutale scène de viol. A est basculée en arrière, X lui
maintenant les poignets (d'une seule main) sous la taille
et un peu de côté, le buste ne reposant donc pas à plat
sur le dos. A se débat, mais sans résultat aucun. Elle
ouvre la bouche comme pour crier ; mais X, penché sur
elle, introduit aussitôt dans cette bouche, en guise de
bâillon, une menue pièce de lingerie fine qu'il tenait
dans l'autre main. Les gestes de X sont précis et plutôt
lents, ceux de A désordonnés : elle tourne la tête une ou
deux fois, de droite et de gauche, puis regarde de nouveau, yeux agrandis, X qui se penche un peu plus sur

elle... Cheveux étalés de la victime et son costume en
désordre.

Changement de plan par transition fondue. C'est maintenant un long couloir désert, où la caméra s'avance à
une allure assez rapide. L'éclairage est bizarre : très faible dans l'ensemble, avec des lignes et détails divers
violemment accusés par des effets de lumière vive.

Long parcours labyrinthique, continu ou, du moins,
donnant l'impression de la continuité. Même obscurité,
mêmes effets de lumière. Ii n'y a plus personne dans
tout l'hôtel. (Peut-être doit-on y introduire un court fragment de la longue galerie qui commence le film, arrivant
cette fois à la salle de spectacle vide, scène vide, fauteuils rangés et vides, etc.) La voix *off* a repris, dès le
début du plan.

Voix de X : *Non, non, non !* (Avec violence :) ... *C'est
faux !...* (Plus calme :) *Ce n'était pas de force... Souvenez-vous... Pendant des jours et des jours, chaque nuit...
Toutes les chambres se ressemblent... Mais cette cham-
bre-là, pour moi, ne ressemblait à aucune autre... Il n'y
avait plus de portes, plus de couloirs, plus d'hôtel, plus
de jardin... Il n'y avait plus, même, de jardin.*

Enfin le parcours débouche sur le jardin nocturne,
et s'y poursuit de la même façon. Avançant le long d'une
large allée rectiligne, la caméra arrive sur X, qui se tient,
debout, à l'extrémité de cette allée, de profil, adossé
peut-être au socle d'une statue.

La caméra s'arrête lorsque X est nettement visible : en

premier plan, placé d'un côté de l'image et regardant
de l'autre côté. Mais la progression vers l'avant ayant
cessé, la caméra exécute une rotation d'un quart de
tour, vers le côté que X regarde. X sort ainsi du champ,
tandis que A y paraît, mais en arrière-plan. L'image
s'arrête sur elle : silhouette enveloppée de noir, immobile,
debout, regardant fixement vers la caméra.

Après un long silence, la voix *off* a recommencé, cal-
mée tout à fait, ayant retrouvé son ton de narration
tranquille, mais sensiblement plus émue.

Voix de X : *Au milieu de la nuit..., tout dormait dans
l'hôtel..., nous nous sommes retrouvés dans le parc...
comme autrefois.* (Un temps.) *M'ayant reconnu, vous
vous êtes arrêtée... Nous sommes restés ainsi, à quelques
mètres l'un de l'autre, sans rien dire... Vous étiez debout
devant moi, en attente, ne pouvant faire un pas de
plus ni retourner en arrière.* (Un temps.) *Vous vous teniez là, bien droite, immobile, les bras le long du corps,
enveloppée dans une sorte de longue cape, de couleur
sombre... noire peut-être.*

Transition fondue, assez lente, pendant laquelle on
entend le bruit caractéristique des pas de deux personnes
sur le gravier. Et l'on voit X et A, plus près l'un de l'autre, maintenant, dans le même jardin nocturne, mais à
un autre endroit : contre une balustrade de pierre qui
domine quelque dénivellation importante. (Peut-être la
balustrade est-elle visiblement en mauvais état, avec aussi
une statue brisée dans les parages ?)

Ils parlent à voix nette et basse. A est toujours vêtue
de sa longue cape noire, mais celle-ci, entr'ouverte, laisse
voir le déshabillé blanc. X est plus dur, presque un peu

méprisant. A est tout à fait désemparée, affolée, se tordant les mains.

A : *Ah ! Ecoutez-moi... par pitié...*

X : *Ce n'est plus possible de revenir en arrière.*

A : *Non, non. C'est d'attendre un peu, seulement, que je vous demande. L'année prochaine, ici, le même jour, à la même heure... Et je vous suivrai, où vous voudrez.*

X : *Pourquoi, désormais, attendre ?*

A : *Je vous en supplie. Il le faut. Ce n'est pas long, un an...*

X (d'une voix douce) : *Non... Pour moi, ce n'est rien.*

Le plan change d'un coup sur le dernier mot... En un coin écarté d'un salon de l'hôtel, on retrouve X et A, dans les mêmes postures à peu près que sur le plan précédent, mais habillés normalement tous les deux. Le ton de X est le même, mais un peu plus las, plus sombre. Le ton de A est moins suppliant, plus réfléchi, mais plus dramatique peut-être, quoique moins spectaculaire. Le décor est caractéristique de tout l'hôtel mais pas trop chargé, plutôt simple de lignes, presque austère par rapport à certains endroits vus auparavant.

A : *Mais, écoutez-moi...*

X : *C'est donc un nouveau répit qu'il vous faudrait. Jusqu'à quand ? Jusqu'à quand ?*

A : *Mais, vous voyez... Je vous explique...*

X : *J'ai attendu, déjà, trop longtemps.*

A : *Oh, parlez plus bas, je vous en supplie !*

X : *Pour ménager qui ? Pour sauvegarder quoi ? Qu'espérez-vous donc encore ?*

Un silence, puis A, à voix très basse :

A : *Croyez-vous que ce soit si facile ?*

X : *Je ne sais pas.*

A : *Et, peut-être, aussi... Je n'ai pas beaucoup de courage.*

Un silence.

X : *Je ne peux plus remettre encore.*

A : *Mais non... C'est quelques heures seulement que je vous demande.*

X : *Quelques mois, quelques heures, quelques minutes.* (Un temps.) *Quelques secondes encore... comme si vous hésitiez vous-même encore avant de vous séparer de lui... de vous-même... comme si sa silhouette...*

La dernière phrase de X est dite d'une voix devenue un peu lointaine, comme neutralisée par la distance et le rêve. En fait elle reproduit exactement le ton de cette même phrase déjà entendue *off* au début du film (l'idéal serait de faire servir le même son).

A (le coupant) : *On vient !... Taisez-vous... par pitié !*

On entend le bruit caractéristique, et tout proche, d'un pas lourd sur du gravier. Transition fondue, mais rapide, sur l'amorce d'un mouvement de A pour s'écarter de X.

Le mouvement de A reprend sur le plan suivant : elle était près de X, et même ici tout contre lui, et s'en écarte vivement, de plusieurs pas en arrière, lui murmurant de disparaître, avec véhémence. Le décor est de nouveau celui du jardin nocturne : ils sont contre une balustrade de pierre au même point que sur l'avant-dernier plan, et dans les mêmes costumes.

A : *Disparaissez... pour l'amour de moi !*

La pendule sonne minuit. (P.

DE X : ...*dans la nuit tranquille, seule avec moi.* (P. 172.)

S'étant reculée, elle regarde vers le côté de l'image d'où sont censés venir les bruits de pas, qui se répètent, plus lointains mais se rapprochant. X, sans trop de hâte, avec une espèce de nonchalance précise, enjambe la balustrade en arrière, tout en se retenant à son dessus de pierre, et passe ainsi du côté du vide. Mais le mouvement n'est que commencé lorsque le plan est coupé brusquement.

A vue de face, en assez gros plan : visage anxieux, regard cherchant à percer les ténèbres, mais sûr déjà de ce qui va surgir. Angoisse figée. La cape noire se détache et glisse de ses épaules, sans qu'elle tente un geste pour la retenir. Le bruit de pas sur les graviers se rapproche de plus en plus, puis s'arrête.

En contre-champ : M, debout, de face, regardant vers la caméra, à quelques mètres. Il est immobile, dans une posture où on l'a vu à plusieurs reprises dans le cours du film : bras demi-croisés ou quelque chose de ce genre. Il a, sur le visage, un vague sourire, énigmatique. Il ne fait pas un geste lorsqu'on entend l'effondrement de la balustrade : long bruit de chute d'une masse importante de grosses pierres, tombant d'assez haut sur un sol dur (une terrasse inférieure, située plusieurs mètres au-dessous). Le plan est coupé après la fin de l'écroulement.

Nouvelle vue de la balustrade de pierre, sous l'angle où elle se présentait auparavant, ou à peu près. A est en premier plan, de dos ou presque, et regarde la balustrade effondrée : X a disparu, trois ou quatre balustres sont tombés dans le vide, un autre s'est couché en avant, le dessus de pierre s'est écroulé aussi (d'un côté ou de l'autre) sur une longueur de 1,50 m ou 2 mètres. Le plan est parfaitement silencieux.

Contre-champ : A vue de face (gros plan de visage, ou corps entier dans son déshabillé blanc, avec la cape noire à ses pieds). Même angoisse figée que tout à l'heure. Puis la bouche s'ouvre progressivement, et se met à hurler : long cri violent, de terreur, ou pour briser un envoûtement.

Changement brusque : un salon de l'hôtel, la salle de danse par exemple, près du bar, à l'endroit où s'est passée la scène du verre brisé. Une grande foule, sans doute des couples qui étaient en train de danser, ou de prendre un rafraîchissement... mais tout le monde est immobile, tourné vers A qui vient de crier : le scandale est énorme cette fois, alors que le verre brisé n'était qu'un très petit incident. Personne ne bouge, les visages marquent la surprise, l'inquiétude sur ce qui va suivre, l'intérêt passionné sous les dehors de la bienséance mondaine. A aussi est figée sur place, avec les yeux vides, agrandis par l'angoisse, et une expression générale de folie (sans grimaces) ; sa posture doit être sensiblement la même que sur le plan précédent, mais elle est ici en robe du soir. X, dans la même tenue de soirée que sur les plans de jardin qui ont précédé, est appuyé au bar, avec une espèce de nonchalance raidie ; il regarde A d'un air absent et dur ; il est assez près d'elle (c'est sans doute pour échapper à ses paroles qu'elle a crié, à l'instant), mais d'autres gens sont aussi assez proches pour qu'il ne soit pas évident que X et A se trouvaient ensemble. Une femme fait un pas vers A, mais, visiblement, ne sait que faire pour elle et a comme peur de s'approcher davantage. D'autres mouvements réduits s'amorcent çà et là. La scène est longue par rapport aux plans rapides qui ont précédé. Personne n'ose rien dire, ou bien ce sont de brèves conversations à voix basse. Un maître d'hôtel touche le bras de A respectueusement ; elle le regarde sans le voir.

Un autre homme s'approche, venant de régions plus éloignées : c'est M. Il ne dit rien lui non plus ; sans un regard pour personne, il prend un verre que lui tend un garçon derrière le bar, se place devant A et lui présente le verre de très près ; elle le saisit machinalement et en boit quelques gorgées ; elle semble peu à peu sortir d'un rêve. Elle rend le verre à M qui le passe à quelqu'un au hasard, et la personne le repasse au garçon du bar.

Ce plan comporte tous les bruits normaux que l'on y entend réellement. Il faut éviter ici le silence total qui donnerait à la scène un caractère d'irréalité. Et pourtant c'est le silence qui règne dans la salle ; mais on peut y introduire des bruits discrets de verres, au bar, des bruits de chaises déplacées (à l'orchestre, invisible), des chuchotements, les pas des gens qui marchent (il n'y a pas de tapis puisque c'est une salle de danse), le tout très distinct bien que de faible sonorité. Ensuite peu à peu les bruits de conversations s'amplifient, tandis que M échange quelques phrases avec A, lui sur un ton naturel, elle d'une voix blanche.

M : *Un malaise, sans doute... Un étourdissement.*
A : *Oui... ce n'est rien.*

M : *Vous êtes mieux déjà.*

A : *Oui...* (Un temps.) *Je vais monter.*

M : *Voulez-vous qu'on vous accompagne ?*

A : *Non... Merci... Je préfère être seule...* (Un silence, puis comme se parlant à elle-même :) *Je m'en vais...*

Le plan est coupé aussitôt, tandis qu'elle ébauche son départ.

A, de dos, s'éloignant dans un corridor désert. Elle se hâte. Elle est dans le même costume qu'à la scène précédente. Elle tient d'une main sa robe longue pour marcher plus vite. Plan fixe, assez long, silencieux (mais avec de menus bruits réalistes).

X marchant lentement dans le même corridor (ou galerie) et dans le même sens que A au plan précédent. Mais il est vu de face, et le plan n'est pas fixe : lent travelling arrière qui maintient X à une distance constante. Il a le visage absent, les yeux levés et vides. Même silence peuplé de menus bruits.

Même mouvement lent et sûr, mais comme en contre-champ : les couloirs vides (ni X, ni personne) défilant avec régularité dans un travelling avant.

Avec ce plan reprend la voix *off* de X, calme et profonde, qui se continue sur les plans suivants et pendant les transitions entre les plans.

Voix de X : *Et une fois de plus je m'avançais le long de ces mêmes couloirs, marchant depuis des jours, depuis des mois, depuis des années, à votre rencontre...*

*Il n'y aurait pas d'arrêt possible, entre ces murs, pas de
repos...* (Un temps.) *Je partirai ce soir... vous emmenant...
avec moi...*

Transition fondue passant à une vue fixe de salon ; M
est seul en scène, debout, perdu dans ses pensées peut-
être, mais regardant quelque élément de décor.

Voix de X : *Il y aurait un an que cette histoire serait
commencée..., que je vous attendrais..., que vous m'at-
tendriez aussi...* (Un temps.)

Un fondu ramène à A dans sa chambre, en train de
se brosser les cheveux. Elle est seule, assise à sa coiffeuse, exactement dans la position et le costume qui
étaient les siens au moment où M est entré avant leur
long dialogue. Le décor de la chambre aussi est exactement le même qu'alors.

Voix de X : *Un an... Vous n'auriez pas pu continuer
à vivre au milieu de cette architecture peinte en trompe-
l'œil, entre ces miroirs et ces colonnes, parmi ces portes
toujours battantes, ces escaliers trop grands... dans cette
chambre toujours ouverte...*

C'est la nuit. A est assez calme. Elle a seulement l'air
perdue. Elle se brosse longuement, régulièrement. A un
moment, elle se tourne vers le miroir de la coiffeuse,
et se penche pour se regarder...

Le plan change aussitôt : brève apparition du jardin,
en plein jour. Vue fixe représentant les débris de balustrade écroulés au bas d'un haut mur de pierre. Peut-

être y a-t-il à proximité l'amorce d'un escalier montant.
Soleil.

Retour brusque à la chambre : A se tient près de la
fenêtre, devant les rideaux fermés. Elle laisse retomber
un pan de rideau qu'elle avait légèrement soulevé. Mouvement souple et lourd de l'étoffe qui retombe. La chambre est la même qu'à l'instant. A y effectue quelques
déplacements, tout en posant son regard attentif sur les
choses qui l'entourent.

Puis elle va s'allonger sur son lit, non pas en travers
comme dans la scène du viol, mais de façon normale,
le buste légèrement surélevé par traversin et coussins
à la tête du lit ; les cheveux qu'elle a soigneusement
peignés s'étalent autour du visage, sur le coussin. Sa
pose est assez alanguie et plaisante, sans raideur, son
expression tourmentée mais belle, et lointaine en même
temps.

M entre (on n'a pas entendu frapper, mais il se trouve
là tout d'un coup, naturellement, introduit peut-être par
un mouvement de caméra) et il se dirige vers le lit.
Il regarde A en silence, quelques instants, avant de parler.

M (triste, rêveur) : *Où êtes-vous... mon amour perdu...*
A (incertaine) : *Ici... Je suis ici... je suis avec vous,*
dans cette chambre.
M (avec douceur) : *Mais non, ce n'est plus vrai, déjà.*
A (plus pressante) : *Aidez-moi, je vous en supplie,*
aidez-moi ! Tendez-moi la main... Serrez-moi les mains
très fort... serrez-moi contre vous.
M (il fait un geste vers elle mais laisse retomber le
bras) : *Où êtes-vous ? Que faites-vous ?*

A (dans un cri à peine contenu) : *Ne me laissez pas partir.*

M (avec émotion mais simplicité) : *Vous savez bien que c'est trop tard. Demain je serai seul. Je passerai la porte de votre chambre. Elle sera vide...* (Il s'écarte un peu du lit.)

A (se noyant) : *Non... J'ai froid... Non !... Ne partez pas encore !*

M (simple) : *Mais c'est vous qui partez, vous savez bien.*

Mais on n'entend qu'une très faible partie de ce dialogue, couvert plus qu'à moitié par la voix *off* de X, qui a repris dès les premières répliques, comme pour imposer à A elle-même une version moins dramatique de la scène, où il ne se serait agi censément que de choses anodines et quotidiennes ; ce sont ses paroles à elle qu'il prétend ainsi rapporter :

VOIX DE X : *Oui, vous vous sentiez mieux... oui, vous allez dormir maintenant... Oui, vous serez remise d'aplomb pour l'arrivée de cet Ackerson... ou Paterson... avec qui vous êtes censée déjeuner demain... Non, vous n'avez besoin de rien... Vous ne savez pas ce qui vous a pris, tout à l'heure, dans le grand salon... vous ne vous souvenez plus très bien de ce qui s'est passé... Vous espérez n'avoir pas causé trop de scandale en poussant ce cri.*

Mais avant de se séparer, A et M échangent un regard exprimant de toute évidence le désespoir. M s'en va aussi discrètement qu'il est venu ; A ne peut s'empêcher de se dresser à demi sur son séant pour le suivre des yeux. Puis elle se laisse, lentement, retomber en arrière. Après un silence, la voix *off* continue, plus rapide :

VOIX DE X : *Une fois éloigné celui qui peut-être est votre mari, que peut-être vous aimez, que vous allez quit-*

*ter ce soir pour toujours, sans qu'il le sache encore,
vous avez rangé quelques objets personnels et préparé
ce qu'il fallait pour changer rapidement de tenue.*

Mais, sur l'image, A ne fait pas un geste pour se
lever de son lit.

Transition fondue pour passer à une tablée de joueurs
de dominos. Ni X ni M ni A ne figurent parmi eux. Le
jeu est assez gai, mais de bon ton toujours. Le tracé
labyrinthique des dominos joués étalés sur la table est
encore plus compliqué que la première fois, tout à fait
fou même, étant donné les règles habituelles. La voix *off*
se poursuit d'un plan sur l'autre.

Voix de X : *Il était convenu que nous partirions dans
la nuit. Mais vous avez voulu laisser encore une chance
à celui qui vous retenait encore, semblait-il... Je ne sais
pas... J'ai accepté. Il aurait dû venir... Il aurait pu venir
vous reprendre...*

Un fondu ramène au plateau du petit théâtre, comme
au commencement du film, avec le même acteur et la
même actrice en scène. Mais on est vers le début de la
pièce et le décor n'est plus le même : un salon ou quelque chose de ce genre. Ils sont en train de jouer une
scène dont on ne comprend pas les paroles : on voit le
mouvement des lèvres, mais on n'entend rien. Il s'agit
peut-être d'une des scènes de début entre X et A ? Ou
bien de quelque pièce du répertoire (Marivaux ou autre).

Voix de X : *... L'hôtel était désert, comme abandonné.
Tout le monde se trouvait à cette soirée théâtrale, an-*

noncée depuis si longtemps, dont vous avait dispensée votre malaise... C'était, je crois... Je ne me souviens plus du titre... La pièce ne devait s'achever que tard dans la nuit... (Un temps.) *Après vous avoir quittée, allongée sur le lit dans votre chambre...*

Transition fondue (le discours se poursuit toujours) passant à un plan mobile qui est la reproduction exacte d'un assez long fragment de la première séquence du film : lente avancée de la caméra dans la galerie vide, vers le théâtre.

Voix de X : ... *il s'était dirigé vers la salle du petit théâtre où il avait pris place au milieu d'un groupe d'amis. Il faudrait qu'il revienne avant la fin du spectacle, s'il voulait vraiment vous retenir...*

Un fondu et c'est maintenant A, seule, en train d'attendre, dans un vague salon ou lieu de passage (où personne ne passe d'ailleurs). Le costume de A est très différent de tout ce qu'elle a porté pendant le film : une sorte de tailleur de voyage, élégant et plutôt sévère, peut-être assez sombre. A est assise sur le bord d'un canapé. Elle a l'air d'attendre chez le dentiste, ou d'être dans une gare entre deux trains. De temps à autre, elle regarde une horloge baroque qui orne un meuble du salon (la cheminée peut-être), objet de vastes proportions, orné de sujets en bronze très 1900. Tout le décor doit être très chargé, et l'architecture labyrinthique (glaces, colonnes, etc.) caractéristique de l'hôtel. A cherche quelque chose dans son sac à main, trouve une lettre qu'elle se met à lire (c'est elle peut-être qui l'a écrite) ; puis elle la dé-

chire en 16 morceaux (déchirée quatre fois) et fait
tomber les morceaux sur la table (table longue et basse
devant le canapé), en pluie, machinalement. Machinalement, elle commence à disposer les morceaux de papier
selon la figure classique du jeu favori de M : 7, 5...
mais, avant d'avoir terminé, elle brouille tout d'un geste
brusque. Elle ramasse ensuite les bouts de papier, les
déchire encore, cherche un endroit où les mettre et finit
par les abandonner dans un cendrier.

Voix de X : ... *Vous vous êtes habillée pour le départ,
et vous avez commencé à l'attendre, seule, dans une sorte
de hall, ou de salon, que l'on devait traverser pour
rejoindre votre appartement... Par quelque superstition,
vous m'aviez demandé de vous laisser jusqu'à minuit...
Je ne sais pas si vous espériez ou non sa venue. J'ai
même pensé, un instant, que vous lui aviez tout avoué,
et fixé l'heure à laquelle il vous retrouverait... Ou bien
vous pensiez seulement que moi-même, peut-être, je ne
viendrais pas.*

Puis la voix *off* reprend, après un silence très marqué.

Voix de X : *Je suis venu à l'heure dite.*

A ce moment précis, X paraît. A le regarde, le visage
toujours vide. Avait-elle espéré l'arrivée de l'autre ? X
s'est arrêté dans l'encadrement de la porte (y a-t-il au-
dessus un portrait en pied d'un homme qui ressemble
beaucoup à M ?). Il a lui-même l'air fatigué, plutôt si-
nistre. A regarde vers le cadran de la pendule : il reste
encore deux ou trois minutes de répit. A reste assise,
visage fermé, presque crispé, les yeux baissés vers la
table. X fait quelques pas dans sa direction. Ils ne se
disent rien, évitent même de se regarder. Elle est toujours assise et lui debout dans les parages. Ils n'ont pas
l'air hésitants, mais résolus au contraire, bien qu'à bout

de résistance. X est en complet veston, élégant mais peu habillé (pour le voyage).

A est en train de fixer la pendule, lorsque le premier coup de minuit résonne, rendant exactement le même son qu'à la fin de la pièce de théâtre, au début du film. A ne bouge pas, et au second coup seulement se lève, comme une automate. Elle prend son sac à main et se met en marche, raide et désemparée. X évolue, à une certaine distance, avec une allure aussi tendue. On dirait qu'elle est une prisonnière de marque, et lui le gardien qui l'emmène. L'image disparaît avant leur sortie, tandis que les coups de l'horloge continuent de se succéder.

Transition fondue : la même pièce, sous le même angle (vue prise vers la porte par laquelle X est entré). La porte est toujours ouverte, et donne sur des galeries, etc. La pièce est vide.

Au bout d'un instant, M apparaît au fond de l'image et arrive jusqu'à cette porte. Il s'arrête une seconde dans l'encadrement. Il a, lui aussi, un air exténué, absent, fantomatique, mais plus nettement anxieux. Il poursuit son chemin, regarde distraitement au passage le cendrier avec les bouts de papier. Il continue du même pas lent. La pendule sonne le premier coup de minuit. Il se retourne pour jeter un regard vague au cadran : il est minuit cinq (c'est une pendule qui sonne deux fois : à l'heure juste, puis à cinq). Il s'éloigne vers son appartement. (Le salon-hall pourrait avoir trois issues bien différentes : celle qui conduit à l'appartement de M et de A, celle, à l'autre bout, par où sont arrivés X puis M,

celle enfin vers laquelle se dirigeaient X et A pour quitter
l'hôtel.)

Transition fondue lente. Puis lent travelling arrière : le
jardin, la nuit, avec une longue allée droite et, tout au
fond, la façade de l'hôtel éclairée par la lune. Ce même
décor a déjà été vu, de jour, avec A s'avançant dans
l'allée. Ici tout le décor est vide et la caméra recule,
tandis que l'hôtel, de plus en plus lointain, semble cependant grandir peu à peu.

La musique sérielle a recommencé sur la seconde sonnerie de l'horloge (dont il n'est pas nécessaire, ni cette
fois ni la première, que l'on entende les douze coups) ;
elle se poursuit sur ce plan-ci, mêlée maintenant à la
voix *off* de X, de nouveau lente et sûre.

Voix de X : *Le parc de cet hôtel était une sorte de jar-*
din à la française, sans arbre, sans fleur, sans végétation
aucune... Le gravier, la pierre, le marbre, la ligne droite,
y marquaient des espaces rigides, des surfaces sans mys-
tère. Il semblait, au premier abord, impossible de s'y
perdre... au premier abord... le long des allées rectilignes,
entre les statues aux gestes figés et les dalles de granit,
où vous étiez maintenant déjà en train de vous perdre,
pour toujours, dans la nuit tranquille, seule avec moi.

La musique prend ensuite le dessus.

FIN.

CET OUVRAGE A ETE ACHEVE
D'IMPRIMER LE 31 AOUT
1961 SUR LES PRESSES DE
L'IMPRIMERIE CORBIERE ET
JUGAIN, A ALENÇON, ET INS-
CRIT DANS LES REGISTRES
DE L'EDITEUR SOUS LE
NUMERO 452

Imprimé en France